7
月夜涙
畫れい亜
世界頂尖的暗殺者轉生為異世界貴族
The world's best assassin,
To reincarnate in a different world aristocrat
Kadokawa Fantastic Novels

Contents

The world's best assassin,
to reincarnate in a different world aristocrat

樣，可愛吧。」

「怎麼樣？我想讓你看看這穿起來的模

世界頂尖的暗殺者轉生為異世界貴族 7

The world's best assassin,
To reincarnate in a different world aristocrat

月夜涙
畫 れい亜

Kadokawa Fantastic Novels

彩頁、內文插畫／れい亜

Prologue

序章

暗殺者停留於聖都

The world's best assassin, to reincarnate in a different world aristocrat

雅蘭教被奉為世界性宗教。我們正滯留在該教作為根據地的聖都。不，正確來講是被軟禁於雅蘭教安排的住宿設施房間內。

目前我坐在床上閱讀文件。

從我打倒假扮成教皇操控雅蘭教的魔族以後，已經過了三天。我個人希望盡快回到學園，然而那是絕對不可能獲准的。

理由很單純。魔族假扮成教皇一事對雅蘭教而言，是足以危及其存在的天大醜聞，所以教內想留住身為當事人的我。

（那麼，如此重大的醜聞，靠那種手法真能掩蓋住嗎？）

目前，教內總算向我提出了粉飾醜聞的方略。

照他們的說法，似乎是要捏造以我為英雄的故事，利用輝煌英勇的事蹟來蒙蔽民眾目光。

（身為暗殺貴族，變得太有名固然會造成困擾……但是雅蘭教應該不會讓步吧。話說回來，這套故事會不會牽強過頭？）

在我手上有一份捏造出來的英勇事蹟紀錄文件。

據文件所述，幹部們似乎早就發現教皇與魔族身分調包一事。

然而，魔族力量強大，點破其身分將使魔族顯露出本性為害眾人，聖都的全體居民都難逃毒手……所以，雅蘭教的幹部們才刻意裝成沒發現，並且對外界以反叛者的名義將【聖騎士】盧各·圖哈德召到了聖都。

然後，在雅蘭教的幹部們支援下，盧各·圖哈德偕同雅蘭教的巫女雅蘭·嘉露菈，誅討了魔族。

（虧他們編得出這套說詞。）

如此一來，先前教方當著民眾面前認定我與神為敵並予以抨擊的作為，以及幹部們的諸多惡行，全都可以聲稱是為了打倒魔族所施的計策。想騙倒敵人得先瞞過己方……雅蘭教自可這麼託詞。

雅蘭教的幹部們搖身一變，從無能且受魔族欺騙的禍害成了英雄。

若想讓這篇故事具備真實性，我的協助便不可或缺。

我不配合統一口徑的話，這篇故事絕無可能保住可信度。

（我可是被雅蘭教誣指成與神為敵，還差點遭到處決，真想叫那些人別鬧了。）

話雖如此，我總不能不協助圓謊。

雅蘭教是許多人的心靈依靠，失去信仰將會讓世界陷入大混亂。我們的祖國亞爾班王國亦同。

如果不讓雅蘭教保住威嚴可就困擾了。

照著這套劇本行事，也能維護我們亞爾班王國的利益。

身為亞爾班王國的貴族，國家利益必須優先於個人情緒。

（我設想過的最糟局面，就是幹部們執意保全自身顏面，選擇胡亂陷我入罪並強行處決的做法，相較起來這已經像樣多了。）

那些傢伙重視虛榮及體面甚於一切，但是雅蘭教在某方面算是相當實際。了不起的經營觀。

正因如此，它才會成為世界性宗教吧。

單靠信仰心並無法將組織經營至這等規模。

而且，這構想對我來說也不壞。

畢竟無論形式為何，我與世界性宗教為敵的事實都會隨之消失。

「盧各，你有沒有在聽我說啊？」

有聲音在叫我，我便從腦海的思緒中爬了出來，並且從床上起身。

「憑我們幾個的身分，住在這裡沒問題嗎？我覺得有點惶恐耶。」

身形嬌小，集知性與可愛於一身的美麗少女。她似乎相當不自在，手指正頻頻撥弄自己引以為豪的銀色秀髮。

她叫蒂雅，戶籍上跟我是兄妹，真實身分卻是教我魔法的老師兼女友。

「蒂雅小姐，原來這裡的旅館有那麼地位不凡嗎？我倒沒有感覺到奢侈華貴的氣息耶。」

蒂雅說的話讓一頭金髮的可愛少女有所反應。男人的可悲天性使得我被她那雄偉雙峰吸引住目光。

她是我的專屬傭人兼地下生意的助手，塔兒朵。

「哎喲，塔兒朵，當然不平凡啊。光是為了留宿於此，捐助鉅款的貴族及富商可都絡繹不絕喔。」

「咦，有這種事嗎！真不可思議。畢竟房間又沒多好，提供的料理也不太可口。」

如塔兒朵所說，房間算不上多豪華。

端出的餐點頂多只有中上程度，服務水準也平平。

但是，這裡另有其價值。

「塔兒朵，我還沒向妳提過宗教方面的事……抱歉，我應該先教妳。這對專屬傭人來說是必要的知識，我就當場教妳吧。」

塔兒朵是貴族的專屬傭人。

換句話說，她的立場需要與主人隨行，還要在賓客前拋頭露面。

身為傭人的各種技能自然不用多說，為了避免讓主人蒙羞，她得學會上流禮數，還要習熟能跟上貴族對話的話術與教養。

受過一定教育的良家子女要見客，起碼得經過三年的沉潛累積，之後再跟在菁英級傭人身邊輔佐三年。原本來說，這就是擔任專屬傭人的最低標準。

塔兒朵沒有接受過像樣的教育，要在短短兩年內同時成為暗殺的助手與專屬傭人，光靠嘔心瀝血的努力並不足以成事。

為了靠嘔心瀝血的努力應付過去，我篩選過讓塔兒朵學習的教養內容，以見面頻率高的貴族喜好為重，宗教相關知識就只有簡單談及。

「盧各少爺，請不要向我道歉。單純是我有欠學習而已。」

塔兒朵連忙開口修正。她總習慣貶低自己。

以往我認定她的性格就是如此，考慮到往後，還是要改掉這個毛病比較好。

「塔兒朵，動不動就像這樣賠罪是妳的壞習慣。用自責的方式畫地自限將會使妳錯失真相，更不能為對方帶來好處。人要一邊改過一邊成長……如果妳凡事都認為錯在自己身上，我便無法長進，我沒有長進的話，受我指導的妳也就沒辦法成長。」

「呃，對不起。」

話才剛說完，塔兒朵又向我賠罪。要讓她改掉這個毛病似乎會挺費工夫。當我心想該怎麼辦時，蒂雅就開口了。

「哎喲，那就是妳不好的地方。糾正主人也是傭人的職責，尤其妳身為專屬傭人就更不用說。為了盧各好，妳也要加油。」

「蒂雅小姐說得沒錯，呃，對不……不，我會加油的。」

「對嘛對嘛，這樣就行嘍。」

蒂雅滿意似的點頭。

蒂雅看起來既嬌小又年幼，但頭腦聰明且熱心。她從我們初次見面時就喜歡擺出當姊姊的架勢，至今依舊不變。

到最近，蒂雅那自稱姊姊的口頭禪已經變成「我可是正妻」，還看得出她想積極照顧塔兒朵及瑪荷的跡象。

這件事似乎交給蒂雅比較好，我就順水推舟吧。

「我很期待。畢竟塔兒朵是最棒的專屬傭人。」

「盧各少爺願意期待我……呃，我會拚命改的！」

塔兒朵握起拳頭。

看她這樣應該不要緊。

我也要改進。

塔兒朵已經不是栽培來應急的專屬傭人了。

她有資格成為真正的一等一專屬傭人。

過去以撐場面為優先而遺漏的學養，我得在以後慢慢幫她補回來。

「那麼，我立刻來說明這座建築有何特別吧。它在聖都中被視為格外神聖的建築，還有『神之家』的雅稱，唯有神的賓客才會被招待至此。光是能在這裡住宿，實質上就等於被世界宗教雅蘭教認定為非凡之人而更添聲威。能獲得女神祝福也是民間常聽見的說法。」

「原來是這樣。不過，剛才蒂雅小姐有說到，那需要花一大筆錢。明明是可以用錢買的恩惠，人們都不會對神賜予的祝福感到疑問嗎？」

尖銳的指正。

沒想到塔兒朵會提出這種尖銳的指正。

不對，她正是因為純粹才看出了本質吧。

「越是身分顯赫的貴族，越會付錢來這裡住宿。如此一來，付了錢的大貴族們自然會引以為傲吧？只要大貴族以此為傲，貴族社會的常識就會隨之改變。任誰都會以為世理正是如此，並且跟著仿效。」

塔兒朵一臉乖巧地點頭。

「何況把付錢當成功績也未必有錯。」

「怎麼說呢？」

「雅蘭教在世界各地供膳賑濟，還有營運孤兒院。那都要靠信徒捐款才能辦到。富人付的錢可以藉此輾轉救濟世人。換句話說，付錢的人越多，得救的人也就越多。」

肯出錢就行了嗎？如此質疑的人並不少，但實際上錢就是可以救人。

比起窮人出於善意的熱心義舉，也會有富人隨興揮霍更能救到幾百倍生命的狀況。

「這麼一想，我也能認同錢可通神的道理了！咦，蒂雅小姐，妳沒辦法接受嗎？」

「嗯，在我聽來就像歪理喔。」

「實際上，因為富人擺闊而獲得拯救的生命可多了，所以那是該大力稱讚才對。」

藉富人擺闊來拯救蒼生，這套制度讓我想大力給予讚賞。

能讓富人滿足虛榮心，又能拯救貧困者的生命，再沒有比這更理想的雙贏局面吧。

……不過，據說捐款有七成都進了雅蘭教相關人士的口袋就是了。

即使如此，仍然有三成被好好地用於濟世。

所謂的宗教相關人士都容易招怨。

我在前世就有好幾次接到以宗教家為目標的暗殺任務，從我每次調查的觀感來說，把三成善款用於宗教活動算是有良心的。

舉例而言，有某個廣告打得響亮的宗教會私吞八成善款。

另外兩成則用於宗教活動。

宗教活動的費用也幾乎都消耗在宣揚教義的行銷上面。

他們募集到了數目可比大企業營收的鉅款，然後一個人都沒救。

「我以前窮過所以能夠理解。食物就是食物，當餓得快死的時候，別人所給的食物是怎麼張羅來的根本無所謂……心裡有的念頭就只有吃而已。」

為減輕家中負擔而遭到棄養的塔兒朵說這些話有強大的說服力。

「對不起喔，塔兒朵，妳說得對。我沒能想像被拯救的人是什麼心境。」

「雅蘭教很優秀，因為他們創造了靠富人擺闊來濟世的制度。所以嘍，原本能住在這裡的只有富人，而且還能領到特別的聖具以茲證明。」

「住了可以領到什麼樣的東西呢？」

「鑲有雅蘭教祭司祝福過的寶石首飾。在貴族的派對上常常可以看到有人拿來招搖炫耀。」

首飾本身作工相當精美，寶石用的卻是劣質品。

因為可以目睹大貴族或巨商在派對上驕傲地把那種便宜貨拿來炫耀，所謂的宗教才讓我覺得有趣。

「連那樣的贈品都有啊？」

「要不然，花大錢的那些貴族想賣弄就難了吧？那還能牽制靠撒謊充門面的傢伙。任誰都可以在口頭上表示自己曾住過這裡，但是能有物品留在手邊，撒謊就不管用了，為了取得真品只好付高額費用。」

「雅蘭教做生意還真是認真耶。」

「所謂的宗教家，會比笨拙的商人更懂生意經。規模越大的宗教團體越有這樣的傾向。畢竟宗教團體要壯大自身，絕不能缺少莫大經費、讓各國認同其萬般權利的堅忍談判力、拉攏掌權者的掌握人心之術。那些全是一流商人所需的條件。」

單靠倡導教義感動信徒，無法維繫宗教活動。

宗教團體的規模與生財技巧呈正比。

「啊，盧各，我剛才想了一下，如果大量製作那種聖具，是不是就能賺大錢呢？」

「蒂雅小姐，那樣不行喔。會遭天譴的。」

「會嗎？我倒覺得神沒有那麼閒耶。」

我想起雅蘭教祭祀的那位白女神。

那位白女神光是跟我交談，就要消耗用來維護世界的資源，因此鮮少出面。

只是崇拜自己的宗教的利益受了損害，就要逐一降下天譴，根本不合理，未免太划不來了。

然而……

「那麼做是會受到懲罰。未經許可製作雅蘭教相關物品者，無一不會被教方認定為與神為敵，更遑論還用上了刻有雅蘭教聖印的寶石。

擅自使用聖印罪無可赦。事跡敗露的話，在任何奉雅蘭教為國教的國家都會被判死刑……實際上，在過去就有出現過那種財迷心竅的蠢貨。」

「好庸俗的天譴耶。」

「我剛說過吧，蒂雅。越龐大的宗教團體越會做生意。況且，他們還擁有代天行道這張最強的底牌。對教方找碴的話，後果自然會是如此。」

商人不會容許自己的利益受到侵害。

「謝謝少爺，我學到了好多道理。領到的聖具要好好珍惜呢……若有萬一時就可以賣掉當逃亡的資金！」

我和蒂雅互相使了眼神，然後笑出聲音。

「也對，當成逃亡的資金確實再合適不過。」

「就是啊，戴著不占空間，還可以換一大筆錢。」

暗殺貴族是在刀口上做生意。

誰曉得我們何時會遭到王室割捨。

正因如此，圖哈德家藏有一定程度的資產分散於國內外各地，包含蒂雅她們的份在內，還準備了避難所與他人的戶籍可供利用。

話雖如此，要趕至避難所多少要費一些工夫吧。突然遭到王室割捨，或許會連收拾資產的空間都沒有。

聖具可以一直戴在身上，又隨時賣得到高價。而且因為這世上充斥著相同的貨色，就算賣掉也追蹤不到物主，可說沒有比這更好的資金來源。

跟黑道戴勞力士手錶是相同的道理。

黑道中人全都愛買勞力士並非為了擺闊。因為沒有別的東西比勞力士更便於攜帶又容易找到買家，還能迅速變賣為大筆現金。

「塔兒朵居然會想到這種主意……膽氣都練出來了呢。」

「呃，少爺，我說了什麼奇怪的話嗎？」

「沒有，我是在誇獎妳。」

塔兒朵的成長經歷使她只會做被交代的事，沒辦法自己思考，這是她的弱點。

可是，既然她能從自己身處的狀況思考出這種點子，應該就沒問題了。

明明我是在誇獎，以為自己被捉弄的塔兒朵卻鬧了點脾氣。

被逗樂的我笑出來之後，塔兒朵就鬧了更大的脾氣。

該怎麼打圓場呢？當我如此思索時，有敲門聲打斷了思緒。來者為雅蘭教的助祭。

他是負責照料我們的人。

「【聖騎士】大人，眾樞機卿想請您過去。」

樞機卿是雅蘭教那些幹部的職銜，地位僅次於教皇。

「我立刻去。蒂雅、塔兒朵，等我回來就去吃飯吧。能享用神之家的餐點或許應該感激，卻讓人覺得不滿足。我差不多想吃些美味的東西了。」

「啊，這主意不錯耶。誰教這裡的食物味道都好淡，還盡是蔬菜。我想吃鹽味夠勁

的肉。」

「呃，我也跟蒂雅小姐一樣。這裡的食物分量是不夠的。」

與雅蘭教幹部……那些樞機卿對話是件麻煩事。

之後可以跟蒂雅她們開心用餐。就用這來為自己打氣吧。

Episode1

第一話 暗殺者接納謊言

The world's best assassin, to reincarnate in a different world aristocrat

樞機卿召我前去的地方是大教堂。

位於聖都中心，象徵著雅蘭教的建築。

跟我們住宿的旅館一樣，光是能踏進當中就可以自豪一輩子。

觀光客們無法進入大教堂，只准從遠處瞻仰，或者在這座城市裡的另外幾座教會獻上禱告。

而且要懷著將來能踏入大教堂的夢想，繼續行善積德。

替我領路的人是一名高個子且舉止謙和的青年，地位相當於助祭。

「【聖騎士】大人，您將面對的是眾樞機卿，切莫失禮。」

「我明白。」

我回以微笑。

雅蘭教的階級是由教皇位居其首，然後從上排下來依序為樞機卿、總大主教、大主教、主教、祭司、助祭。

教會裡所謂的神父多為祭司或助祭，主教具備掌管全城教會的地位，再上去的職位則屬於主導教會整體思維的幹部。

巫女雅蘭．嘉露菈並沒有被納入組織圖內。她是象徵性人物，不具實權。

除擔任魁首的教皇之外，這次召我過去的那些樞機卿在教中地位最高。

原本對方是我一輩子都無法攀談的人物。

一直到日前，我對他們仍懷有相應的敬意，但是考慮到他們在幾天前曾經抨擊我是罪人，那份敬意也就淡了。

（話雖如此，身為亞爾班王國的貴族也不能做出古怪的舉動。）

我以亞爾班王國代表的身分出席會議。

聽說祖國已經派了夠格赴會的談判官，但還沒有跟我會合。

這是左右國家命運的議題，事情並不能交給像我這樣的小孩獨自負責。

可以的話，我希望跟祖國授意的談判官事先商量，然而對方似乎要到最後一刻才會趕到。

我該做的只有看那名談判官的臉色，與其連成一氣。

無論被樞機卿委託什麼，我都無法作主，也不能作主。

（要是身邊起碼有教官在就好了。）

如果有別人能扛起責任，感覺就輕鬆了。

我之所以會落得獨自來這裡的下場，都是因為那些身為大人的教官聲稱他們沒資格踏進大教堂。

（或許這是刻意營造的局面。）

道理說得通，卻能隱約看出有雅蘭教的人在暗中操作。

身手再強終究還是個孩子，哄騙起來輕而易舉。礙事者最好盡量排除在外，這就是雅蘭教的想法。

恐怕在會議現場，教方也會針對我甚於談判官，誘使我失言，並且用這種手法來抓我的把柄吧。

樞機卿將是難纏的對手。大規模的宗教團體都是由一流商人聚集而成，而且想在教裡往上爬，就需要政治手腕、偵搜、人脈與錢。能否出人頭地，根本與德望之高或者信仰無關。

那些人能在規模巨大的宗教團體爬到樞機卿之位，就是一群人精了。

穿廊上有熟面孔來跟我會合。

「辛苦你了，盧各小弟。既然我已經到場，你儘管放心。」

俊美程度簡直非人的英挺容貌，一身裝束以與自己髮色相同的高貴紫色為基調，衣著打扮無懈可擊的美男子。

志在成就人類巔峰，花了數百年以優良血統配對育種至今的家族之長。四大公爵的家主之一，洛馬林公爵正在我眼前。

「好久不見，洛馬林公爵。」

「發生了那種事，看你仍健朗才叫萬幸。若你有個萬一，我對圖哈德男爵可沒辦法交代。」

「如果你這麼想，我會希望你在宗教法庭鬧著要行刑時就伸出援手。憑洛馬林家的情報網，你應該在被召來這裡之前就已經掌握了整件事的梗概。」

我來到聖都的理由，名義上是要讚揚我之前討伐魔族有功……再以冒稱能聽見女神賜言將我定罪，並且處決。

遭陷害的我距離蒙冤只差一步，還被迫站到斷頭臺前。

「是啊，沒錯，我早就掌握了情報。不過，你也一樣吧？即使有妮曼代我到場，你也沒有求助於她。何止如此，你察覺有陷阱，不是還欣然闖進了對方設好的局嗎……既然如此，我自該判斷你有能力自行解決，無需洛馬林家出力援救吧？實際上，你正是靠一己之力扳回了那樣的困境。」

他隨口道出驚人之語。

我花了足以買下小國的金錢建構通訊網，才能在這個要情報只能靠物理手段傳遞的時代，以世人難以想像的速度收集到情資。

然而，洛馬林公爵即使不用那種方式取巧，也能擁有與我同等的情蒐能力。

我果真不想與這個男人為敵。

令人感激的是洛馬林公爵這次屬於己方，沒有比他更可靠的男人。

「幸好來的是你。我可以將所有問題交付出去。」

「嗯，事情就這麼辦。你固然優秀，到底還是屬於實務人員，要接觸國政尚早。」

他說的是事實。

包含情報網在內，我可以用萬般手段蒐集、分析情報，藉此掌握局勢。

然而，亞爾班王國規劃的藍圖、戰略，只有宮廷中的人才曉得。

正確解答會隨著觀點而轉變。在實務觀點屬於正確的做法，從大局來看也有不少是錯的。

「是的，我在會議上該顧慮的只有避免扯後腿。」

「你果真不賴。務必要讓妮曼懷你的種。有你的血統，應當就能孕育出無可匹敵的洛馬林。或許我們洛馬林家終於可以一償作育完人的宿願了。」

「那另找機會再談吧。我們似乎到了。」

有人精們等著的會議室。

那麼，對方究竟會提出何種說法呢？

會議室……這裡在雅蘭教似乎有其他名稱，但領路的助祭為了方便我們理解，就只稱為會議室。

◇

我看了裡頭，感到佩服。

（利用了人類心理，以科學為據的設計。）

人類獲得的資訊有九成來自視覺。

因此，能操控視覺就能操控人心。

為了對觀者造成畏懼，這個房間經過最佳化的算計。

單從一張桌子來看，其形狀、配置、光源照明的色澤、亮度，全都合乎於理。

令人訝異。明明這個世界並沒有心理學這一門學問。教方恐怕只靠試錯的經驗就抵達了這種境界吧。可以感覺到驚人的知識累積與執著。

我深刻體會到雅蘭教並不是單純把聽得見女神聲音的少女留在手邊就成了世界性宗教，而是運用其武器一路茁壯至今。

坐在教方席位上的有七人，全員皆為樞機卿。

列席者個個都掌握了多國間的所有教會關係，還能任意操弄位於各國的全體教會及信徒，是有如此地位的人。

縱使亞爾班王國屬於大國，在雅蘭教看來，我們不過是區區一國的貴族。對方認為自己的地位較高……從眼神與態度都有如此表現出來。

「【聖騎士】盧各．圖哈德，此次你厥功甚偉。」

……儘管我了解彼此的地位有別，對方出醜到那種地步還敢擺出高姿態，這就令人不敢領教了。

「感謝您誇獎。」

我在內心克制住吐槽之意，並且向對方行禮，然後在打雜的助祭催促下就座。

「洛馬林公爵也是，長途跋涉至此，有勞你了。上座吧。」

洛馬林公爵面帶微笑，一語不發地就座。

「那麼，關於這次魔族來襲之事，在毫不知情的人看來，會覺得是我們雅蘭教出了洋相。雖說為了誅討假扮教皇的魔族，我們刻意對己方有所隱瞞……真令人慨嘆。」

樞機卿們的視線集中在我身上。

光是如此，我就明白了他們的意圖。

那並不是在拜託我統一口徑。

他們要聲稱事實正是如此。

兩者相似，卻截然不同。

包含應對方式在內，要求我撒謊，跟要求我把謊言當成事實是全然不同的。現在我該怎麼答話才好呢……？

洛馬林公爵只是笑了笑，然後示意我先保持沉默。

亞爾班王國的貴族都學過獨門暗號，這是教養的一環，以便因應在別國突然有暗中溝通的需求。

（原來如此，我懂了。）

我按照指示擺出微笑，只顧聽對方講話。

於是，樞機卿的臭臉變得有些扭曲。

「如你所知，我們早就發現教主被魔族竊位。然而，點破其身分將會讓魔族現出原形，使聖都陷入火海……能打倒魔族的只有勇者，還有身為【聖騎士】的你。即使想對外求助，採取的行動只要被教皇發現，聖都依舊會陷入火海，無辜民眾將隨之殞命。既然這樣，只好用處決的名義將你召來了。假如要處決數度打退魔族的你，扮成教皇的魔族就會樂於協助，藉機除掉妨礙魔族的存在。」

要我沉默的暗號仍在。

我照辦。

「我們對於過去打倒好幾名魔族的你給予肯定。雖說是一時之冤，讓你蒙上罪名遭受抨擊仍令我們痛心。然而，不這麼做的話，我們就無法騙倒那名魔族！」

演技充滿情感。

不愧是專家，擅於訴諸人情。

完全騙過了自己的心。對方應該連撒謊的自覺都沒有。

「於是，你漂亮地回應了我們的期待，不愧是被我們認定為【聖人】的才俊！我們非得將你成為史上第八名【聖人】的消息宣揚出去。為此，我們也必須正確地將這次風波的大要公諸於世。你會協助我們吧？」

而且，對方堅稱謊言就是事實，並試圖利誘我。

只要被教會認定為【聖人】，就算沒有直接被賦予實權，在奉雅蘭教為國教的國家要做各種事都將獲得允許。

獲得的待遇猶如神的化身。

那比任何金銀財寶都更有價值，說話的影響力更勝小國之王。

……唉，我對那種頭銜倒是沒興趣，那會把麻煩也一併帶來而惹禍上身。

我沒有將視線移向洛馬林公爵，而是用眼角餘光看他。新的暗號來了。

那是要我同意樞機卿的說詞。

「我明白了。那麼，我會按照雅蘭教的指示行動。」

「嗯，你懂了嗎？認定你為【聖人】的典禮將風光召開。屆時還會聯絡鄰近各國的貴族、教會相關人員與商會，辦一場盛大的慶典。趕在一週後說來時間不多，但是場面定會氣派風光到史無前例。這一切都是為了你。」

假惺惺。

那一切都是為了雅蘭教。

為了掩蓋醜聞，怕被世人察覺不自然才祭出的障眼法。

這個企圖恐怕會順利得逞。

討伐魔族是民眾的悲切心願，成事的我將會被認定為【聖人】，消息傳出去實在太過耀眼奪目。

「你對這方面缺乏經驗。我們替你準備了一份妥當的致詞，在典禮舉行之際要逐字逐句照著誦讀。」

助祭將厚厚的劇本遞來給我。

我速讀了當中的內容，發現徹頭徹尾都是為雅蘭教安排的。話雖如此，為了避免被我抱怨，劇本裡沒有不利於我的臺詞，說起來還算有良心。

「議題就此結束。麻煩你配合。」

……未免太草草了事。

我剛這麼想，洛馬林公爵便舉起手。

「我們亞爾班王國同意讓盧各小弟協助雅蘭教。但是，做白工可不行。既然要他為你們幾位擔負風險說謊，雅蘭教就要支付相應的對價。」

話說完，公爵從包包裡拿出與人數相同的文件分發出去。

看了文件的內容，我差點露出苦笑。

拿捏得絕妙。

憑教會權力能辦到，又對亞爾班王國有益的條件被條列在上面。

那對教會來說難以認同……難歸難，考慮到為此爭執的風險就未必不可。王國所開的條件正好踩在那條標準線上。

「何謂謊言？」

「正如字面上的含意。你們幾位曾受到魔族蒙蔽而對其唯命是從，不過是靠著盧各小弟的機靈才克服了這一關而已。面對大眾，要他照你們幾位的安排講故事固然可以，但是在亞爾班王國與雅蘭教之間，真相就得不折不扣地保留為真相。」

洛馬林公爵的笑容美得不像人。

看了卻有種被洞穿一切的感覺，令人寒澈心扉。

「沒有什麼謊不謊言，一切都是真相。」

「是你們幾位行事馬虎。受魔族蒙蔽而唯命是從時，你們還各自在暗地玩弄手段，想賣人情給教皇吧？貪功使你們留下了這麼多與故事內容相左的證據。察覺這一點的，並非只有我們亞爾班王國。」

洛馬林公爵拿出了額外的文件。

我看了大感訝異。

……這份文件是以歐露娜情報網收集到的資訊為基礎，而且從要點的整理方式以及製作文件的習慣，可以看出這份文件無疑是出於瑪荷之手。

難道說，妮曼向公爵透露了通訊網與瑪荷負責管理的內情？

不，錯了。以妮曼的性格來想不可能。

既然她保證會守密，就絕對不會洩露通訊網的存在與瑪荷身為管理者的內情。

那麼，難道是洛馬林公爵察覺到通訊網，還追查出瑪荷就是通訊網的要害？

我感到心慌，差點維持不住撲克臉。

我本來就認為對方是怪物，沒想到竟如此神通廣大。

而且，認為他是怪物的並非只有我。樞機卿們看了洛馬林公爵準備的文件，都變得臉色蒼白。

洛馬林公爵開口發動追擊。

「懂了嗎？萬一這些資料公諸於世，可就不妙了吧？尤其是你們發出了各項委託，要暗殺盧各小弟好不容易救出的雅蘭・嘉露菈。或許是你們太熱衷於討好教皇，情資掩蓋就做得馬虎，輕易便能追查到委託者是你們。雅蘭教是世界性宗教，但是因國情而異，也有國家將此視為憂患。這種情報外流的話，會讓你們頭痛吧？」

「無禮！憑你區區一國的貴族，也敢在這裡威脅我們！只要我們有意，三天就能讓亞爾班王國倒臺！」

聖人皮相被揭開，攀權附貴的小人物嘴臉出現了。

然而，問題在於對方能搞垮亞爾班王國是鐵錚錚的事實。畢竟雅蘭教幾乎能說動所有大國。

「不，我言下之意是亞爾班王國願意協助。協助散播你們幾位的謊言，並且替你們抹消馬虎行事留下的證據。我可以斷言，若沒有我們協助，用不著通風報信，你們幾位編造的故事就會自己露出馬腳。請你們承認吧，承認那是謊言。」

亞爾班王國想逼對方承認謊言的理由，是因為可以藉機賣人情給雅蘭教。

單純散播事實並不算賣人情。

可是，換成協助對方說謊的話，我方同樣要擔負相當的風險，這就是一份大人情，還能抓住對方的把柄。

向雅蘭教賣人情與掌握把柄，其價值無從估計。

危險的談判。逼得太急，雅蘭教將視亞爾班王國為敵人。

形同走鋼索的談判。

洛馬林公爵有把握靠剛才打出的那些牌就能走過鋼索，我卻沒有這種能耐。

要我像這樣逼迫對方談判應該是辦得到，畢竟他所打的情報牌是靠我的部下瑪荷收集而來的。然而，我沒有膽識跟雅蘭教用這種方式對賭，更不可能有賭贏的把握。

經過漫長沉默，樞機卿從乾渴的喉嚨擠出聲音。

「好吧，我答應條件。亞爾班王國則要配合我方規劃的劇本。」

沒有提及謊言是對方的堅持。

不過，這次談判可說是洛馬林公爵完全獲勝。

他走過了鋼索。

「感謝。讓我們為了雅蘭教與亞爾班王國雙方的繁榮戮力奉獻吧。」

惡魔露出笑容。

（真是有一手。）

這場會議結束後得跟他談談。得知瑪荷存在的他會如何運用那張牌？我非得先向公爵問清楚。

Episode2

第二話　暗殺者挑戰魑魅魍魎

The world's best assassin, to reincarnate in a different world aristocrat

會議結束後，我們離開大教堂。

接著，狀況變成了要去洛馬林公爵常光顧的店。

我跟蒂雅她們說好了，也希望自己可以在晚餐之前回去，面對公爵家——況且還是四大公爵家——卻不能有所輕慢，再說還有瑪荷那件事。

我被帶到一間除了有包廂之外，其他部分都算普通的咖啡廳。

「這間店是由亞爾班王國出身的老闆在打理，所以有許多地方都能通融。」

公爵為工作而來的次數應該不少。

當成密談場地正好。

在我們之後上門的人聽到客滿，正在向店家發牢騷，氣勢凶得很。

「包含那方面的應對，都是公爵你選這間店的理由吧。」

「正是如此。畢竟還要談些不方便讓人聽見的事。」

鬧事的客人從我們離開大教堂後就一直尾隨在後。

十之八九是雅蘭教的人。

我們似乎不太受到信任。

只要亮出雅蘭教的名號，對方也可以強闖店內。但是看他們仍自以為藏得了身分，也就無法那麼做。

我側眼觀察他們，並被領到店內包廂。

「辛苦你了，盧各大人。」

「這次給聖騎士大人添困擾了。」

有先到的客人。其中一人如我所料，另一人則在意料之外。

洛馬林公爵的女兒，洛馬林家的最高傑作，妮曼；還有雅蘭教的象徵人物，雅蘭・嘉露菈。

雅蘭・嘉露菈已經卸下仿照女神外貌化的妝，也沒有戴假髮，因此看起來就像隨處可見的村姑。

「目前是洛馬林公爵家在保護雅蘭・嘉露菈對吧。」

「精確來說，是亞爾班王國大使館才對喲。」

雅蘭・嘉露菈被人索命，在遇險的時候被我救了出來。

因此，現在要先徹查是否仍有凶險，才可以讓她回到原本的地方。

這是亞爾班王國所提的要求。

究竟是用了什麼方式才讓雅蘭教吞下那種條件的……雙方在檯面下應該有過一番角力吧。

「雅蘭・嘉露菈，幸好妳看來平安。」

「我也為盧各大人無恙感到慶幸。」

雅蘭・嘉露菈的安危曾令我擔憂，不過妮曼幫忙把問題處理好了。

「真是的，你就不擔心我嗎？」

「妮曼，妳遇到任何困難都能自行克服吧。」

若以同齡層來說，妮曼在我認識的人當中無疑是最強的存在。

她的思路清晰，體能也傑出……而且夠聰明。聰明指的並非計算能力或記憶力強，而是處事有方，懂得採取正確行動的意思。

在這種年紀就有如此的修為，令人畏懼。不免讓我懷疑她會不會是轉生者。

「所以說，為什麼她們倆會被叫來這裡呢？」

我向洛馬林公爵提問。

「若說是為了支持女兒的戀情，可否讓你信服？」

他打趣地搪塞過去。

儘管是玩笑話，應該也有一半以上出於本心。

洛馬林公爵志在培育完人，他將心力投入於招納優秀的血統。

而且，這對父女都對我賞識有加。

「不巧的是，我認為理由並非只有如此。」

「嗯，如你所言。唉，從何講起才好？我有事想請雅蘭．嘉露菈相助，而事情的內容有你在場會比較好商量。我女兒則是她的護衛。」

妮曼亦為亞爾班王國公主的替身。

正因如此，她與雅蘭．嘉露菈也見過面，彼此的關係可稱作朋友。

多虧這一層關係，妮曼才能比任何人更快得知雅蘭．嘉露菈身處的困境。再沒有人比她更適合當護衛。

「我對盧各大人深懷感激……況且，盧各大人也是我在這世上唯一的同伴，無論有什麼忙我都肯幫。」

洛馬林公爵揚起嘴角。

「同伴……妳是指彼此都聽得見女神的聲音吧。盧各小弟竟有那種能力，令人吃驚呢。起初我還以為是為了散播那個能殺死魔族的魔法，才會編出便宜行事的說詞。」

可怕的是他猜對了。

我固然能聽見女神的聲音，但是關於【誅討魔族】術式一事，女神並沒有參與。

因為方便，我就利用了女神的名號。

「我也能聽見女神的聲音是確有其事。」

妮曼聽了便露出微笑，並且開口：

「你聽得見是不會錯的。不過，你是否有對外宣布從女神那裡聽到的一切，抑或你道出的女神之言是否全屬真實，我倒認為是另一個問題。」

父親敏銳，女兒也一樣厲害。

她看穿了我刻意要造成誤導的話術。

「我只能說，自己是在轉達從女神那裡聽來的話語。不提這些了，洛馬林公爵，你不是有事要對雅蘭．嘉露菈大人相求嗎？」

「啊，差點岔題了。那麼，雅蘭．嘉露菈大人，身為亞爾班王國的公爵，同時也是盧各小弟的友人，我想要拜託妳，希望妳能在任何時候都肯定盧各小弟的發言。往後視局勢發展，雅蘭教將會與我們為敵。即使如此，只要有妳站在我們這邊，盧各小弟就是正義的一方。」

雅蘭．嘉露菈純屬象徵性人物，並沒有實權。

雖然能聽見女神聲音的只有她與我，但那並不代表在教內擔任雅蘭．嘉露菈的人非她莫屬。

根本不需要真能聽見女神的聲音。對雅蘭教來說，只要有個傀儡肯冒女神的名義扯謊行方便就可以了。

日前，局勢距離傀儡換人只差一步。不過，那反而鞏固了目前這名雅蘭．嘉露菈的地位。

魔族安排了冒牌聖女的事實，使得雅蘭教難以故技重施再拱另一個冒牌貨上位。畢竟近期內才有冒牌貨被安排繼位，如果雅蘭．嘉露菈不到幾天又失蹤，還有新的雅蘭．嘉露菈現世，究竟誰會相信教方的說詞？

雅蘭．嘉露菈沒得取代，她站在我方就會是一大利器。

「當然了。我願跟盧各大人約定。」

雅蘭．嘉露菈緊握我的手，並且直直地望著我的眼睛，點了頭。

洛馬林公爵見狀便露出苦笑。

「盧各小弟可真受歡迎。先是我女兒，接著連雅蘭教巫女都墜入愛河了。」

「哪、哪的話，我對盧各大人抱持的情感，並、並不是那樣的，我是把他當成恩人感謝，還有尊敬。」

她連忙否認，態度卻相當明瞭。

由於她一直以來都只為擔任雅蘭．嘉露菈而活，跟那些男女情感之事也就無緣吧。

我幫忙緩頰。

「洛馬林公爵，這樣對雅蘭．嘉露菈大人可就失禮了。憑我的身分，實在是配不上雅蘭．嘉露菈大人。」

雅蘭．嘉露菈露出好似鬆了口氣又好似遺憾的複雜表情。

我假裝沒有發現她的心意。

畢竟我不會接納她，更希望避免因為拒絕而傷到她的心，導致我方得不到協助。

這點道理，明明洛馬林公爵都該曉得，還特地起鬨是什麼居心？

「情敵能減少實在是太好了，盧各大人，我對你是認真的，因此請好好考慮跟我成親之事喲。」

「關於這一點，我的想法就跟之前說過的一樣。」

「真無情。」

說來並不算壞事。

以妮曼的情況而言，她並不是喜歡我，而是單純想要強大的血統吧。履行義務後就可以為所欲為，從圖哈德家的立場更能索取到相應的回報，讓圖哈德家更繁榮興旺。

縱然如此，我還是無意接受。因為我對蒂雅她們有感情。

「那麼，事情談完了。我們來享用茶與茶點吧。」

他彈響指頭，端著茶與茶點的侍者們就出現了。

我見過那些人的臉。之前他們應該都待在洛馬林公爵家的城堡。

還說什麼有亞爾班王國出身的老闆在打理……這間店是與洛馬林公爵家聲氣相通者掌管的店。

「好喲，就這麼辦。盧各大人也樂意吧？」

「當然好，我不介意。再說我也有事想要請教。」

我跟著公爵來這裡的另一個理由。

在剛才的會議上，洛馬林公爵拿了由瑪荷製作的文件，我非得質問這件事。

「嗯，無妨。你是想問瑪荷的事對吧。她很不錯，妮曼若是男兒身，我甚至想招她為媳。」

果然，對方察覺瑪荷的存在了。

「請問，你是怎麼發現瑪荷在我的情報網擔任核心人物的？」

我有設想過情報網被發現的狀況。

可是，我沒想到對方會查出管理者。

「或許是因為你讓她太擔心了。平時她都能完美隱藏形跡，可是一旦你陷入危險，她就會為了救你而賣力過頭，以至於未能徹底滅跡……我們的諜報部不會看漏這一點。就這麼回事。哎，你不用擔心。若非洛馬林出手，她是不會被查到的。」

說得可簡單了。

事情扯上我，瑪荷確實是會胡來。然而，她不會留下洩露形跡的敗筆。

不過對方是洛馬林公爵的話，就另當別論。他能發現連形跡都稱不上的些微殘存的氣息，從而補足欠缺的東西。

「得知之後呢？洛馬林家對我的要求是？」

瑪荷的存在無可取代，其職位也不能輕易調動。

我的資金與情報都是以她為命脈。為了保住瑪荷，任何代價我都肯付。

「沒任何要求，我甚至不覺得有掌握到你的弱點。從中作梗削減你的實力，有違國家利益。洛馬林公爵家固然以作育完人為終極目標，仍有身為亞爾班王國貴族的自覺。我不會跟你玩那種把戲。」

對方什麼要求都沒有。

那反而恐怖。

畢竟他處於隨時能將我逼上絕路的狀態。

「啊，對了。硬要說的話，我只有一件事要拜託你。」

「……請問是什麼事呢？」

「發生困難時，我希望能利用你們所說的通訊網，就是能瞬間將情報從這城傳遞至他城的那玩意兒。沒什麼需要擔心，一次就好。那實在了不起。這次會議所用的文件，如此詳盡的內容連我們都籌不出來。我要感謝那個叫瑪荷的女孩，她幫了大忙。」

隨意聽聽，會覺得那是沒什麼大不了的條件，對我而言卻相當沉重。

「好吧。我先將布署在各城的諜報員情資告訴你。」

對方要求隨時都能使用通訊網，意思就是要我報出目前在各城運用該技術的諜報員情資。

畢竟我不能告訴他構築通訊網的交換機擺在什麼位置，也不能實際交出與交換機連線的行動裝置。既然如此，只能將操作通訊裝置的人員告訴他。

「不好意思。」

「請公爵別在意。不過，使用我們的通訊網時請務必留心。所有使用通訊網的人都能聽見發言，麻煩你要有這樣的認知。」

「嗯，這我也有聽說。」

我在最後一刻扯謊。

看來瑪荷也說了相同的謊。

通訊網可藉著切換頻道來限制轉達情報的對象。這一點要隱瞞。

「盧各小弟，我倒覺得你把通訊網藏起來未免可惜。那是可以改變世界的發明。」

「也對呢。用物理形式傳遞情報的限制太沉重，會妨礙世界進步。」

「不然，你就公開技術吧。」

我靜靜地搖頭。

「它會讓世界發生劇變。如果公開那種玩意兒，世界於好於壞都要翻天覆地，目前的安定將隨之喪失。」

我這麼說完，洛馬林公爵便帶著一如往常的冰冷臉孔微微一笑，還做作地拍手。

「哎，你果然不賴，頭腦聰穎。太好了。真的太好了。假如在此當下，你表示要將那樣的炸彈公諸於世……我身為保護這個國家的人，就非殺你不可了。」

「公爵這話……並不是在跟我說笑吧。」

「當然。因為說不公開的人是你，我才信得過。否則我已經二話不說地下殺手，讓那種玩意兒直接被帶進棺材。」

我露出乾笑，並且用茶潤喉。

然後我越發覺得自己不能接受妮曼的心意。

休想叫我認這個人當岳父。那種生活想撐也撐不住。

如同以往的做法，今後我依舊不會與他為敵，但也不會過度親近，要讓彼此保持在這樣的距離。

Episode3

第三話 暗殺者受到推崇

The world's best assassin, to reincarnate in a different world aristocrat

之後，我直接回到寄住的房間，並且帶蒂雅與塔兒朵到外頭。

依舊有人在監視我們。

真希望對方能派個跟蹤技巧好一點的人。

「盧各，你的臉色好疲倦。這樣不像你總是一臉從容的風格耶。」

「我在精神上被逼得很緊啊。」

「畢竟對方是樞機卿嘛，沒辦法。對那些人還要用猊下來稱呼，對吧？」

猊下這詞，我一次都沒有用過。

而且往後也絕不會使用。

「雅蘭教那邊的狀況算設法解決了，跟洛馬林公爵對話卻讓我很累……之後我再跟妳們說明。」

通訊網曝光並非我一個人能了結的問題。

若有閃失，諜報員還可能遇襲而被人頂替。

必須跟全體團隊共享情資。

「我沒見過公爵，不過感覺他是個厲害的人物。再說他是那個女生的父親。」

「光是想像妮曼小姐長大後的模樣，我就覺得好恐怖。」

認識妮曼的蒂雅與塔兒朵露出苦笑。

她們對妮曼都有些不敢領教。

「忘掉那件事吧。拖到現在，我們總算能單純地逛街了。」

聖都可謂世界第一的觀光都市。

全世界都有信徒聚集而來。

既然如此，那些信徒自然會在聖都消費，所有商會為了賺錢也會踴躍來此展店。

越是競爭激烈的城市，店家水準越高。

此外，那些信徒甚至還會順便從地方上帶來各種名產，在城裡兜售換錢。

全世界名產都陳列於店面，也可說是必然的結果吧。

多虧如此，這裡比起地處海邊而利於流通的穆爾鐸更富有國際色彩，光是像這樣逛街散步就很有樂趣。

「街上好有活力，簡直感覺不到這裡曾受過魔族侵襲。」

「因為災情不多啊。幸好來的不是直接動武的魔族。」

「少爺說得對。如果換成那個像大毛毛蟲的魔族，整座城應該已經下陷了。」

「那樣的話，聖都毀滅應該會造成全世界恐慌。」
要是世界性宗教及聖地都因而消滅，可就天下大亂了。
「讓開讓開！」
有馬車從後面急速駛來，與我們閃身而過。
狹窄的路讓人舉步維艱。
「唔哇，車夫真粗魯。」
「今天的馬車數量好多喔。」
駕車粗魯成這樣的人固然是少數，但街上有數量驚人的馬車來來往往，大家似乎都很急而顯得脾氣火爆。
「忽然要在一週後舉行慶典，這也是難免的吧……所有人都忙著在準備。」
平時就算如此倉促地宣布要舉辦慶典，也聚集不到遊客，商會更會覺得是強人所難而斷然拒絕。
不過，換成雅蘭教來號召就另當別論。
史上將有第八名【聖人】誕生，還是最近打倒了魔族而聲名大噪的【聖騎士】，就算再為難也要共襄盛舉。
可以感受到視線。
應該說，我走在街上一直是如此。

「欸，從剛才是不是就有路人在看我？」

「路人一直在看你喔。」

「路人在看著少爺。」

她們倆不以為意地這麼回話。

「為什麼？」

「那還用問，當然是因為你打倒了假扮教主的魔族啊。」

「話是沒錯，但他們為什麼會認得我？」

我站上處刑臺，暴露了自己的面貌。

然而，那應該只有城裡的一小部分人看過，當下卻好像人盡皆知。

換成前世，有電視新聞或報紙可以散播視覺上的情報，不過長相在這個世界則是極難曝光。

相機仍非常昂貴，而且大又占空間，每座城市能不能找到一臺都難說。而且那是要在店裡進行拍攝的貨色。

就算靠口耳相傳，也認不出我本人的臉孔才對。

「盧各，最近這幾天你都被別人找去，我跟塔兒朵就不一樣了，我們倆滿常到街上走動。」

「那又怎麼了嗎？」

「所以，我大概曉得街頭發生了什麼。盧各，你看那邊。」

蒂雅拉起我的手。

那裡是雜貨店，店面陳列著書本。儘管印刷機已經問世，書本仍價格不菲，說起來倒算稀奇。

「這怎麼搞的？」

看了封面，我感到愕然。

上面畫的是在樞機卿當中亦屬中心人物的男子與雅蘭．嘉露菈……還有我。

大概是請了畫技高超的畫匠擔任原畫，雖然說相貌有格外美化，特徵仍抓得十分精準，可以明確認出封面人物就是我。

「噢噢，【聖騎士】大人！歡迎蒞臨我這小店。懇請您幫忙簽名！這裡另有放大過的版本。」

我被盛情難卻的老闆拉進店內，就發現有一幅比剛才封面印得更大的畫。

或許是將原畫翻印成版畫的人技術較差，品質比封面低幾個層次，卻還是可以認出畫中人是我。

「這是什麼名堂？」

「啊，這是教會發行的書，書名叫【聖都，討伐魔族的真相～連神都蒙在鼓裡～】，目前正狂銷熱賣呢。而且每售出一冊，教會就會支付獎勵金。這樣的話，當然一賣再賣，紅透半邊天啦。」

「我能不能看看內容？」

「只要您肯幫忙簽名。」

我在放大的版畫上面潦草地簽了名，然後翻閱內容。

令人頭疼。

教會安排的那套劇本，被人加油添醋地寫成了兼具浪漫與英雄主義的故事。出席今天會議的樞機卿在故事裡都有一番表現，而我則被描述得裝模作樣。故事編到最後，我甚至跟雅蘭．嘉露菈有一段羅曼史。

應該說不出所料吧，最吃香的戲分是被之前那個樞機卿一手包下。樞機卿終於將魔族逼到絕路，就秀出了決定性名臺詞：「一切都是為了讓你鬆懈才演的戲。為了守護神與民眾，縱使是神也要被這齣戲蒙在鼓裡。」

啊，原來這一幕跟書名是相呼應的。

不過我還記得那個樞機卿在魔族現出真面目時曾經嚇到尿失禁。

「所以大家都讀了這本書啊……」

我垂下肩膀。蒂雅拍了拍我的肩。

「還不只這樣喔。以此為藍本的話劇、人偶劇、連環畫劇都在大街小巷上演著。」

「盧各少爺，雅蘭教認真起來真是厲害耶。」

「是、是啊。」

之前我自以為了解地提過，雅蘭教的本質與商人相近，但他們輕易超越了我的想像範圍。

居然會做到這種地步……

哎，對方不只擅於政治，向一般民眾宣教才是其本職。

既然如此，他們會比我更懂讓情報滲透社會的手法也是理所當然。

被擺了一道。

「太好嘍，盧各，你完全成了英雄。」

「呃，我也為少爺感到驕傲。」

「……妳們是明知道我的本行還說這些話嗎？」

這裡販賣的書，從世界各地來聖都巡禮的人都會買。而且他們回到原本居住的城市或村莊……就會帶著這本書當紀念品。

盧各．圖哈德這個名字散播得多廣都無所謂，但是畫著我面貌的書將流傳到全世界。被得知長相對暗殺者來說是很要命的。

「啊哈哈，你變成世界第一名人了呢。」

「無論如何，少爺在工作時都需要喬裝，因此不要緊的！」

先從積極正向的角度思考吧。

理應有許多方式能讓我利用現狀。

「總之，我們去吃晚餐吧。挑個有包廂的店家。」

「也是呢，被人盯著又不方便吃飯。」

「啊！唔……我搞砸了。」

「塔兒朵，怎麼了嗎？」

「因為盧各少爺說要在外面用晚餐，我就找了美味的店家……但那裡沒有包廂。」

塔兒朵為之喪氣。

沒接到指示仍自主做決定的她立刻遭遇挫折，會沮喪是在所難免。

「雖然妳這次失敗了，著眼點還是不錯。塔兒朵，下次要試著多運用想像力。」

「好的，下次我一定會加油！」

我摸了摸塔兒朵的頭，然後邁步走去。

這座城市的各個角落都已經調查過了。

我也曉得有包廂的美味店家在哪裡。

但是，我刻意沒說。

因為塔兒朵花了心力幫忙找店。感覺交給她比較能促進她成長，而且有趣。

聖地的店家五花八門。

◇

之所以如此，是因為來聖地的人也一樣五花八門。

正因為這裡聚集了從世界各地來的人，無論是人種、文化、習俗及手頭寬綽的程度都全然不同。

就算有錢的客人多，經營者總不能盡開高級店。

今天我們拜訪的店家屬於中產階級想奢侈一下時會去的店。

「這間店不錯嘛。」

「幸好能討少爺歡心。」

「說起來，盧各就是喜歡這種級別的店呢。」

「因為美味與自在可以達到均衡啊。」

高級店對服裝及禮儀要求嚴格，不免令人拘謹。

話雖如此，太便宜的店提供的菜式本身就不美味。

價格便宜就只能用廉價食材，而且為了壓縮人事費用也無法在菜色上多花工夫。

所以來這種級別的地方，店家便能端出食材好且花工夫的菜，卻又不會讓顧客繃緊神經。

我喜愛這樣的店。

塔兒朵相當了解我的喜好。

「我也覺得這個價位的店剛剛好。太貴的店會讓人覺得氣氛沉重又不開心。」

「塔兒朵，我懂妳的意思，而且妳八成是投盧各所好才挑了這樣的店。但盧各身為貴族，妳則是他的專屬傭人，你們也要適應超高級的店才行喔。往後縱使不情願，要來往的人士還是會變多。」

一如往常的姊姊架勢。

蒂雅的老家，亦即維科尼伯爵家是大貴族。

在那裡長大的蒂雅餐桌禮儀學得完美，單看她用餐之際的下刀方式就十分優雅。

「確實是那樣沒錯，由不得我們說喜歡或討厭。話雖如此，我今天累了，希望起碼在這種時候能單純地享受一頓飯。」

「嗯，今天我准許你們。不過，下次就要改到價位超級高又講究禮儀的店，讓盧各和塔兒朵一起磨練喔。」

「蒂雅，那只是因為妳想滿足口腹之欲吧。」

「才不是那樣呢。畢竟我早就吃膩那種菜了。盧各，現在甚至要你親自下廚才最合我的胃口。」

蒂雅屬於大貴族出身，最喜歡吃的卻是我做的焗烤。

在日本，焗烤給人的印象偏向在外享用的餐點，然而它可是不折不扣的家常菜。材料便宜，又花不了多少工夫。

平民的喜好。

「我明白了，下次就去高級店吧。到時還請妳指教鞭策。」

「哼哼，包在姊姊身上。我會好好磨練你們的。」

蒂雅的熱心性子發作結束後，菜餚就端來了。

總之，今天先讓店家安排套餐內容。

初次上門，這樣最能享受在店裡用餐的樂趣。

「這盤沙拉，感覺不太新鮮呢。」

「蒂雅小姐說得是。口感軟趴趴的。」

「這也沒辦法。聖都沒有農田，從他處運來蔬菜，難免會有失新鮮。」

「不過，在王都和穆爾鐸都能吃到新鮮蔬菜啊。」

「那是它們的特殊之處。將守城戰納入視野，便會刻意提高城裡的糧食自給率。」

能吃到現採蔬菜是一種奢侈。

在王都或商業都市穆爾鐸能吃到新鮮的蔬菜，是因為城市發展到那種水準，規畫上就會預估遭魔族、魔物或他國侵襲的狀況。

護城牆內準備了農田。

商會當中也有許多意見表示，在地價高漲的王都及商業都市裡開墾農田簡直荒謬，大可將農田填平改建住商，從他處採購蔬菜。

然而，對此我表示反對。正因為是大城市，糧食更應該自給自足而非依靠外界。

「哦，當中考慮得還真不少呢。」

「維科尼的城市也一直都保持糧食自給吧。」

「維科尼面積廣闊，有歷史傳統，更具備財力，但因為距離王都遙遠就沒有靠商業發展壯大。倒不如說，維科尼反而是銷售多餘糧食的那一方。」

「原來是這樣啊。」

「對呀。過去維科尼的糧食生產量在司奧夷凱陸王國是位居第一。入秋時可厲害了，放眼望去盡是結實的麥穗，美不勝收……等維科尼的城市復興，我們再去玩。我來當嚮導。」

「將來，我們一定要去。」

「嗯，就這麼約好嘍。」

蒂雅的老家維科尼伯爵家在司奧夷凱陸王國內亂之際是投靠王室那一方，然後就敗亡了。

目前蒂雅的父親銷聲匿跡，正在累積實力以求於將來復興。

「如今我被選為【聖人】，或許就可以用正攻法取回維科尼領。」

【聖人】稱號是有如此的力量。

只要【聖人】表示在司奧夷凱陸王國的內亂中，正義是與王室同在，輿論就會因而轉向。

基本上那場叛亂會成功都是因為有名為瑟坦特・馬格涅斯的破格強者在，而現在他已經失蹤。

只要我動真格，就能讓蒂雅回歸維科尼。

「你那麼做的話，我會生氣喔。我也想取回領地，可是呢，靠那種扭曲的威權來掌握成果，絕對會在其他地方造成扭曲……既然我父親說要捲土重來，就絕對會在將來復興維科尼。現在我能做的，則是等待他開口要我協助。還有，我要練就足以在那時候回應父親期待的實力。」

「蒂雅，妳真是堅強。」

「畢竟我可是維科尼的千金。欸，萬一到時候發展成那樣，你願意出力嗎？」

蒂雅問我。

亞爾班王國的暗殺貴族要幫助蒂雅……幫助司奧夷凱陸王國的貴族，根本沒有正當的理由。

即使如此……

「身為丈夫，當然要援助妻子的娘家。」

「別、別突然說什麼妻子還有丈夫的嘛，呃，好讓人害臊。」

「明明我們都訂婚了，事到如今還害臊什麼。」

「話是那麼說沒錯……哎喲，當弟弟的還敢這麼囂張。」

蒂雅怕羞地喝起湯。

她連這種時候都舉止優雅，讓我不由得笑了出來。

「沙拉與湯都差強人意，不曉得主菜又是如何。假如令人失望，就要怪選這家店的塔兒朵嘍。」

「呃，那個，蒂雅小姐，我想應該很美味才對！」

蒂雅大概是害臊過頭，切換話題就顯得蠻橫。受牽連的塔兒朵因而倉皇起來。

「放心。妳們都有看到店裡客人進出的流量吧？難吃的店不會有客人。」

彷彿在呼應我說的話，菜餚端來了。

烤羔羊肉。

調味只用岩鹽，香氣怡人。恐怕是裹著香草烤的吧。

這麼調理既可保留水分防止肉質變柴，又能增添香味。我也常用這種烹飪技巧。

侍者說的吃法是抓起骨頭來啃，我們便照做。

「啊，這很美味呢。」

「真的耶。肉的味道好香濃。」

「……熟成過的肉嗎？」

所謂的肉，並非鮮度越高就越好吃。

蛋白質轉變成鮮味需要花時間。

這一點為世人所知，肉要放一段時間再吃才符合常識。

然而，這間店有經過熟成。

並非單純將肉擱著，而是在溼度與通風性下工夫，張羅了使肉更好吃的環境。否則烤不出這種滋味。

「補回剛才沙拉扣的分數還綽綽有餘呢。」

「是啊，我都想再點一份了呢，蒂雅小姐。」

「……不知道是這間店自己熟成的，或者肉鋪選得好。後者的話，我倒是想跟他們進貨。」

「盧各，不准談工作的事！」

之後又有幾道菜餚上桌。

以羊肉為主。

聖都位於內陸，捕不到魚。因此主要得靠鄰近村落養的家畜。

況且這一帶天氣寒冷，羊毛大有需求，肉類必然也就以羊為主吧。

「肉類的菜色都很好吃。」

「對呀對呀，太令人滿意了。」

「少爺，這樣套餐都上完了嗎？」

「不，應該還有甜點才對……端來嘍。」

甜點是起司蛋糕。

用了羊奶酪製作而成。

「唔，羶味有點重耶。」

「會嗎？蒂雅小姐，我並不介意呢。」

羊奶有其獨特的羶味，做成奶酪的話風味更強。即使是起司食用量高出日本十倍的歐洲人，不敢吃羊奶酪的人仍不在少數。

我也多少有些抗拒。

忍一忍嘗嘗看吧。

「……氣味令人不敢恭維，滋味倒是不錯。味道比牛奶製作的起司更具深度。」

「少爺，我滿喜歡這道甜點呢。」

蒂雅看我跟塔兒朵都吃了，才不情不願似的用餐叉切了一小塊蛋糕來吃。

「……是不難吃啦，唔，我不用了。即使放進口中，羶味還是好重。」

蒂雅用酒沖掉殘留在口中的起司。

「嗚嗚嗚，對不起，都是因為我沒有仔細查清楚。換成少爺的話，一定可以讓蒂雅小姐感到滿意。」

「啊，塔兒朵，你別誤會喔。東西還是很好吃的。雖然沙拉與甜點不太合我胃口，肉類菜色全都很美味，我有滿意喔。」

「呃，請問，我選這間店真的好嗎？」

「嗯，妳往後還要多帶我們去新的店家喔。如果妳介意我的喜好，都只帶我去那些有我喜歡吃的東西的店，我就遇不到新滋味了嘛。像最後一道甜點，雖然我吃不習慣，可以得知有這種滋味還是令人開心啊。」

這種思考方式很符合蒂雅的作風。

她是好奇心的化身，而且喜歡冒險，跟我屬於完全相反的類型。說不定我正是因為這樣才會受她吸引。

「這麼說來，我都沒看過塔兒朵挑食耶。妳沒有討厭吃的東西嗎？該不會因為是在盧各面前，妳就一直忍耐著？」

大口吃著起司蛋糕的塔兒朵歪過頭。

「不是的，蒂雅小姐，我對食物沒有產生過難吃的想法。因為被少爺收留以前，我餓得太久，只要是能吃的東西都抓來吃過了。老實說真的是什麼都吃喔，腐壞的東西還算小意思而已……呃，所以說，一般當成食材流通的東西，我吃了都沒有產生過難吃的想法。」

蒂雅似乎相當尷尬。

在以往生活都與餓死相伴的塔兒朵眼中，蒂雅應該相當奢侈吧。

「呃，那個，對不起，我好像神經太大條了。」

「不要緊的，蒂雅小姐。我們只是價值觀不同啊。而且，在小姐居住的維科尼伯爵領，認真工作的領民都沒有餓過肚子吧。」

「嗯，是那樣沒錯。從我父親開始治理領地後，令人自豪的就是從沒出現過餓死的人。我父親下過各種工夫喔，他還會儲備糧食因應欠收等狀況，並且發放給大家。」

我多少知道一些維科尼的事蹟。

遲早都要為蒂雅出一份力，我便做了許多調查。

剛才討論到蔬菜，我也是為了能聊開話題才假裝不知情而已。

「真是了不起的領主……我討厭的是那種為了過得奢侈，就將領民們壓榨到底，還逼他們餓死的敗類。」

塔兒朵出生的領地是在圖哈德領旁邊。

氣候還算有先天優勢，土壤也好，只要沒有胡搞過頭就可以過上不錯的生活。

然而，領主惡劣至極。

他會壓榨領民到底以便自己揮霍。無法正常生活的領民因而生產性低落，生產性低落導致領主加重稅率。於是，生活更加困苦的領民又使得生產性下滑，陷入了萬劫不復的困境。

領民們只得賣身過活，或是棄養老人及孩童。

塔兒朵也是被棄養的小孩之一。或許是因為這樣，塔兒朵討厭奢侈的貴族，尤其是那種仗勢逼迫領民的貴族。

「欸，假如維科尼伯爵家是那種素行不良的貴族，妳會怎麼樣呢？」

「我不會怎麼樣，只會在內心鄙視。」

蒂雅表情緊繃。

某方面來說，那是最令人難受的。

「蒂雅，幸好妳父親經營領地有方。」

「就是啊，我要感謝父親與祖先們才對。」

在變得尷尬的氣氛中，塔兒朵清光了剩下的起司蛋糕。

那似乎讓她由衷感到幸福。

我與蒂雅看了都目瞪口呆。

我重新體認到，那時候能在冬天的山裡遇見塔兒朵實在是太好了。

假如那天沒能遇見塔兒朵，我便救不了她，應該也無法得到如此討人喜歡，做事又拚命的專屬傭人吧。

Episode4

第四話

暗殺者展現商人的一面

The world's best assassin, to reincarnate in a different world aristocrat

終於來到慶典的三天前，街上因而更添熱絡氣息。

率眾行事的商會還有自理生意的行商者眼神都變了。

慶典規模越大越能賺錢。況且是在聖地舉行，雅蘭教還特地出聲邀各國協辦，因此能在這裡成功就會出名。

至於我，正一個人在街上散步。

都沒有人來向我攀談。

這並不是因為盧各·圖哈德已經過氣。

那本書瘋狂熱銷，話劇與連環畫劇也廣受歡迎，盧各風潮反而正越趨熱烈。

民眾沒有發現我，是因為喬裝。

（完全沒被人發現呢。這樣看來，暗殺生意似乎不會受到影響。）

喬裝固然是怕引起騷動惹麻煩，也是為了觀察喬裝的效果。

造成盧各·圖哈德之名與相貌轟動各地的震央。只要在這裡都沒人察覺，暗殺生意要繼續便不成問題。

……最糟的情況下，要採取整容而非喬裝的手段也未嘗不可。諸如臉孔輪廓、鼻梁高度或眼頭眼尾，這些特徵一改便判若他人。

前世的我曾毫不猶豫地那麼做。我在前世換過好幾次臉。

可是，我不想那麼做。

蒂雅她們都說喜歡現在的我，我不希望辜負她們。

「你在做什麼，盧各．圖哈德？」

我被人叫住了。嗓音聽似男性，音調卻略高。

喬裝露餡了嗎？

我掩飾內心的動搖，並且無視呼喚繼續走，彷彿自己是另一個人。

「小子，我在對你說話。你以為那樣就算喬裝過了？」

第二次搭話。

聲音比剛才高。相當勉強地裝了別的聲音。

對方恐怕是女性。我不明白她為什麼要裝成男性……不，這時我總算察覺了。

這是惡作劇，誰會跟我玩這種把戲呢？

「瑪荷，妳別開這種玩笑，對心臟不好。」

如此答話的我回過頭，在眼前的是個成熟具知性的美少女。她化了淡妝，身穿保守且高尚典雅的服裝。

剛才的男性嗓音來自瑪荷的演技。

瑪荷沒有戰鬥天分，卻學了不少本領，這點口技她當然也會。

「哎呀，一下子就穿幫了呢。」

從先前假裝的男性嗓音簡直無法想像，瑪荷擺出了優美的淑女身段，並且微笑。

「妳還不成氣候。」

「都是因為忙得怠於練習害的。真是失策……總之，歡迎你回來，盧各哥哥。」

「我回來了，瑪荷。」

這裡並不是我們的家。

不過，瑪荷希望用「歡迎回來」與「我回來了」互相問候的想法在無形間傳達過來，因此我便順了她的心願。

◇

雅蘭教聯絡了世界各國的商會。既然如此，急遽成長且在國內外皆為新寵兒的化妝品牌歐露娜必然會接到聯絡。

我們來到歐露娜於慶典期間使用的店面。

商會檔次低，就必須跟好幾間商會共用同一個區塊，不過歐露娜似乎得以使用地段還不錯的一整間店鋪。

備受眾人期待。

「代表、副代表，兩位辛苦了。」

在那間店，員工規規矩矩地行禮迎接我們。

我喬裝成伊路葛·巴洛魯，身分是大商會巴洛魯商會的當家與娼妓所生的小孩，還在巴洛魯商會援助下成立了化妝品牌歐露娜的能幹商人。

正因如此，員工們這麼應對可說是理所當然。

我與瑪荷兩個人走進店內的辦公室，並且鎖上門。

「虧妳能趕上。光是從穆爾鐸到這裡似乎就要花超過一週的時間。」

馬車有違人們心中的印象，速度並不快。

馬的體力撐不了半天，而且時速頂多只有十二三公里，比腳踏車還慢。

從穆爾鐸來這裡，再怎麼趕路也要花一週的時間。

「我費了相當大的勁喔。不是搭馬車，而是一路換了好幾匹快馬，換不到馬的時候就用魔力強化體能用跑的……都是因為哥哥放著要幫我製作專用滑翔翼的約定不管，害我這麼累。」

「是我不好。實在撥不出時間。」

這個時代連主要幹道的路況都不像樣。循空路的交通手段能夠無視地形，移動速度便是壓倒性地快。

正因如此，我想替瑪荷製作滑翔翼，卻因為狀況連連而一直延後。

瑪荷的魔法屬性是水，要確保動力本來就不容易。

「我曉得啊。誰教我也是當事者之一……呃，對不起。因為洛馬林公爵親自來訪，受到他的逼迫，我就招出自己是哥哥的協助者，也承認了通訊網的存在。」

「被對方查到時就已經無計可施了。面對那個怪物，連我都不可能把祕密瞞到底。是我太天真了。」

「嗯，事先知道有那種人的話，我倒是可以因應。」

「然而如果妳那麼做，我們就會失去情蒐速度這項利器。」

設法不讓行跡敗露。

要做到這一點，就必須加上諸多限制。結果安全性與成效間將有所取捨。

想顧及那種異於常人的怪物，又不讓行跡敗露，根本就不實際。

「是啊，有困難呢。」

「他姑且可以算自己人。目前除他之外，並沒有別人發現。維持現狀就好。」

「我明白了。還有，因為他說是援助哥哥所需要的，我還提供了文件。」

「用到那份文件時我也在場，以結果而言是得救了。妳判斷得不錯。」

「是嗎？那就好。」

瑪荷應該不是單純受了威脅就將文件交出去。

正因為她位於情報網的頂點，萬般情資都有過目。而且，她正確認知了我的處境，進而判斷將情資交給洛馬林公爵是最佳的做法。

我會讓瑪荷負責管情報網，就是因為她有這個能力。

在我認識的人當中，最具情報分析能力與判斷力的就是瑪荷。

她不擅於戰鬥，然而擁有的天分卻遠比戰鬥能力稀罕，是無可取代的存在。

「這次也全都依賴妳呢。」

謀略、圈套、政治壓力，一旦遭受這些攻擊，情報就會成為我的劍與盾。

像這種時候就不得不讓瑪荷操勞。

我明白光是經營歐露娜就對她造成了相當大的負擔，但是要管控情報網，還有經營歐露娜，都只有她辦得到。

「沒關係。那是我的工作，能幫到哥哥我也很高興……不過，如果哥哥無論如何都想賠罪，我也可以接受。」

這種央求方式實在很有瑪荷的風格，讓我盈上笑意。

「是啊，我無論如何都想賠罪。該怎麼做才好？」

「緊緊地抱住我然後吻我。好一陣子見不到哥哥，我很寂寞。」

我點了頭，然後摟住瑪荷細細的腰並且吻她。

瑪荷把舌頭伸了進來。

她對這方面似乎也有認真學習。

接吻完畢。

「這樣我就原諒你。」

儘管瑪荷看似成熟有餘裕，害羞之情卻是掩飾不住。只見她的臉頰泛紅，聲音也在發抖。

我一向覺得這是瑪荷的可愛之處。

「真的這樣就夠了嗎？這樣就能得到原諒，妳可真是寬宏大量。」

「……呵呵，也是。那麼，多拿出一點誠意給我看。」

瑪荷一瞬間顯得吃驚，然後又開始假裝游刃有餘的樣子。

她用淑女般的舉止牽起我伸出的手。

可是，在牽手時有些難為情的她不由得遲疑，因而露出破綻。瑪荷扮不了惡女。

「我會奉陪到妳滿意為止，公主大人。」

「我才不是當公主的料呢。不過，那或許有討到一絲我的歡心。」

瑪荷的腳步變得輕快。

芳心大悅。

今天似乎能看見瑪荷可愛的一面。我平時總讓她吃苦，雖然這不能說是原因，但我想讓她盡情撒嬌。

Episode5

第五話 暗殺者研發商品

The world's best assassin, to reincarnate in a different world aristocrat

與瑪荷的約會開始了。

我們直到剛才都在觀光名勝蹓躂，現在則在咖啡廳休息，於是就不約而同聊起了工作的話題。

換成蒂雅，會排斥我在約會時談約會以外的事，而瑪荷反倒會主動跟我大聊特聊工作的事。

以她的情況來說，做生意應該也算興趣。

「妳說妳騎快馬趕來，那工作人員與商品是怎麼張羅的？」

我問了自己感到好奇的一點。

具備魔力的瑪荷可以獨自蠻幹不少事。實際上她用那種方式，僅僅花了兩三天就從穆爾鐸趕來聖都。

然而，那樣應該會缺少其他工作人員與商品。瑪荷跟我不同，沒辦法用【鶴皮之囊】取巧。

就算她獨自趕到聖都，要在慶典上替歐露娜設店仍有困難。

「因為我運氣好啊。歐露娜在聖都附近的城市有分店正要籌措開幕。出發之際，我便同時放信鴿發出指示。慶典期間，我會從分店借調人手，商品也會用分店的庫存。原本開幕時就打算盛大地舉辦促銷活動，所以庫存相當充裕喔。」

「這麼說來，計畫書是有寫到。」

過去的經營體制是將總店設於商業都市穆爾鐸，分店則設於王都還有瑪荷出生的城市兩處。

我聽說有加開分店的計畫，沒想到就是在聖都附近。

「如哥哥所見，聖都每天都有眾多巡禮者拜訪。這是為了吸納其客源的分店。其實本來是想在聖都展店的，不過後來就妥協選了離這裡約二十公里遠的城市。」

「歐露娜要在聖都展店也很吃力吧。」

跟瑪荷一樣希望在聖都開分店的商會為數眾多。

進一步來說，出於宗教理念才想展店而非單純牟利者也不少。

申請已經排到好幾年以後，就連開間小店都需要一筆荒謬的金額。

基本上並不是光靠錢即可解決的問題。

得有強大的人脈。

「是啊，那實在支應不來。鄰近的城鎮也都地價高昂……雖然碰巧有信奉歐露娜的領主才得到了許多通融，但這筆投資要回本似乎還久呢。」

歐露娜作為主力的化妝保養品利潤奇高。

倒不如說，化妝保養品本身就是這樣的玩意兒。在我轉生之前的世界，化妝水賣一萬圓，原價卻只要一百圓的狀況可說比比皆是。

我們並沒有賺那樣的暴利，原價率大概百分之十左右。

連歐露娜投資都需要花時間才能回本，那就恐怖了。

「即使會虧損，認命當成廣告費的話就還算便宜。能做到聖都遊客的生意，意義可不小。」

「對呀。我就是為此才下了重本。」

聖都的巡禮者來自全世界。只要將商品銷給那些人，商品就能送往世界各地，拓展業務版圖。

就算分店的收支虧損，當廣告費也還是便宜。

瑪荷能在這個世界理所當然地運用這一套思維，身為商人才智傑出。

「既然工作人員與常駐的商品都不成問題，接下來就看能否準備適宜在慶典推出的商品了。」

「是啊，我也在掛懷這一點。即使單純陳列歐露娜的必備商品，八成也能銷得像飛一樣快……可是，那樣就展現不了存在感呢。」

「歐露娜品牌還年輕，在這方面缺乏相關知識或許可以稱為弱點。既然這次得以在好地段開店，我們就有義務回應期待。」

慶典是一種特殊的空間。正因如此，配合特殊的舞臺，各商會都將推出只有在這裡才能買到的特殊商品。

「這我曉得，可是才一個星期出頭，被期待那麼多也會覺得為難呢。」

正常都是從半年前開始準備。

研發商品要花時間。

「正因為有這樣的狀況，能成功的話就能比其他商會搶先一步……化妝品的生產線好不容易有辦法增產，我也希望趁這個機會多表現。」

過去歐露娜無法應付顧客的需求。

商品生產線貧乏，製造量供不應求，便沒有必要提高知名度。

這在起初開店時就被視為問題，到最近才總算成功增產了。

歐露娜作為招牌商品的乳液，只要得知製法就可以輕易仿效。正因如此，製法非得嚴加保密，在維護機密的條件下增產就費了一番苦功。

至今依然有各方商會想買通我們的雇工，或者派諜報員到工廠，暗地裡使盡了手段就為打探祕密，令人無法鬆懈。

「是啊，雖然我希望趁機拚一場……憑目前的手牌卻無計可施。所以嘍，要換哥哥出馬了。」

「把問題全拋給我？」

「平時哥哥都把歐露娜的工作丟給我，偶爾也要出一份力才行啊。我們趕快回店裡吧。」

瑪荷帶著使壞的表情窺探我的臉色。

商品並不是研發完就沒事了，還要準備充足的數量，再加上包裝，還得向店裡雇員說明商品。

由此倒推回去，能用來研發商品的時間頂多只有今天一天。

「不，我們多約會一陣子吧。」

「難不成這表示哥哥要就此放棄，然後逃避現實？」

「無論做什麼都必須採購材料吧？考慮到時間，非得是在這座城市數量充足，又能在預算之內收購的貨色。既然如此，我們一邊約會逛街，一邊摸索能做什麼會比較有效率。」

「原來如此，合乎於理呢。」

「何況……」

說到這裡，我一度把話打住。心裡有點難為情。

「盧各哥哥，你繼續說啊。」

「何況，我也想犒勞為我努力付出的妳。跟我約會，能當成給妳的犒勞嗎？」

瑪荷呵呵笑了笑，然後露出動人無比的笑容。

「可以啊，非常有效。那麼，我們立刻出發吧。」

瑪荷站起身並且催促我。

在離開咖啡廳的同時，瑪荷跟我十指交扣，還把身體貼了過來。

◇

離開咖啡廳後，我們走在聖都的商店街上。

店家的種類果真多采多姿。土產店眾多，還有賣雅蘭教精品這種未必不會遭天譴的貨色。

「哥哥，那本書賣得飛快呢。」

「別說了。光看到那幅莫名將我美化過的圖，就令人頭痛。」

「滿有意思的啊……我希望招募寫那本書的作者到旗下呢。執筆的時間會不會只有一兩天呢？」

「應該是吧。」

那本書完成得太快了。

從我討伐那名操控人偶的魔族算起，短短三天就已付梓出版。

逆推回去，執筆時間只有兩天。而且八成還接到了許多瑣碎的要求，比如樞機卿全體都要有表現機會，以及最後一幕的決定性名臺詞之類。然後，還得掌握讓雅蘭教藉此提升形象的第一要點。

能滿足客戶的所有要求，在兩天內將書寫完。肯定是十分優秀的作家。

「都沒有寫到作者姓名呢。」

「姑且有宣揚真相的名義在，教方是判斷別讓讀者意識到寫手的存在比較好吧。」

「原來如此……老闆，能不能給我五冊呢？咦，一個人最多只能買三冊啊……那就麻煩你郵寄三冊好了。寄到由歐露娜承租的……」

「喂。」

瑪荷無視我的呼喚，完成結帳。

「妳這是什麼意思？」

「畢竟這是記述哥哥……咳，記述盧各大人英勇事蹟的書啊，我當然要買嘍。自己要讀的已經買好了，不過我還想當成伴手禮。感覺婆婆看了會很開心。」

在我腦海裡浮現了媽笑吟吟說著「小盧好帥氣」抱過來的模樣。

「……她大概會很開心吧，但我會感到無地自容，拜託不要。」

「呵呵，這下該怎麼辦好呢？」

「另外兩冊呢？」

「一冊保存，一冊送給塔兒朵。她當著伊路葛哥哥面前不敢買，但我想她心裡是非常想要的。」

「妳真好心。」

「因為我們是朋友啊……不，最近我才發現，或許自己並沒有把她當成朋友。」

「塔兒朵聽妳這麼說會哭喔。」

塔兒朵是把瑪荷當成摯友。

「沒有，你想錯了。用朋友稱呼不貼切，我想想，她算是迷糊可愛的妹妹吧。嗯，這樣才對。或許是因為如此，即使她跟伊路葛哥哥在一起，我也不太會吃醋。」

瑪荷敲了一下手掌，認同似的點點頭。

「並非當成朋友，而是家人啊。」

「等伊路葛哥哥的後宮一完成，我們在戶籍上也會變成家人喔。」

「後宮這字眼妥當嗎？」

「除此之外還能叫什麼呢？」

嚴厲的針砭。

以貴族的名分來講，蒂雅是正妻，塔兒朵與瑪荷相當於側室，但實際說出口就顯得太現實了。

「我們是團隊。」

「好糟糕的遁辭。」

瑪荷格格發笑。

如此互動的我們望著商店街。走進小巷後，供商家採購而非迎合巡禮者的店就多了起來。

逛完那些，靈感還是遲遲不來。

「伊路葛哥哥，想到好點子了嗎？」

「要點子並非沒有，但是稱不上最好。我們再多繞繞。」

我有幾個備案。

靠城裡可取得的材料似乎也能應付。然而，那只表示歐露娜能做好表面工夫。

「你不會就此妥協，我喜歡這點。」

「肯陪我折騰的頂多只有妳。」

繼續一直走，似乎就穿越商業區了。

路的盡頭有間教會。

並沒有像大教堂那樣彰顯權威，而是附設孤兒院的小小教會。

庭院裡有孩子們在賣蜜蠟……利用蜜蜂分泌物製作的蠟燭。

可是，銷路似乎不太理想。

大概是因為近期有便宜的油燈問世，蜜蠟的需求就減少了。

「蜜蠟啊……嗯，有那個的話……應該行得通。」

像這種孤兒院，生活只靠總部支付的資金就會過得清苦，所以需要做副業掙錢。

這一帶的地方產業以養蜂為主。

養蜜蜂既費工又有被螫的風險，但是連沒力氣的孩童也做得來。

由於氣候寒冷就無法栽種甘蔗，砂糖的價格居高不下，蜂蜜以甜食來說大有需求，其利潤尚屬可觀。

此外，還能製作蜜蠟這項副產物。

「怎麼了嗎？看你一直盯著教會的庭院。」

「瑪荷，假如要把化妝品粗分成兩種，妳會怎麼分類？」

「……這個嘛，大致上可以區分成保養品以及美妝品吧。前者用於改善膚質，好比歐露娜擅長調配的乳液；後者則用於妝點增色，像口紅就歸類於此。」

「歐露娜若要推出新商品，妳覺得應該製作哪一種？」

「保養品啊。」

瑪荷立即回答。

「怎麼說？歐露娜固然是以保養品為主力，不過將心力放在美妝品的話，或許就能開拓新客層。」

「那就錯了。美妝品的競爭對手太多，市占率也已經僵化。與其挑戰那塊領域，歐露娜更應該發揮強項。畢竟歐露娜就是以他人未涉獵的保養品為賣點才會獲得成功，還建立了『女人並非靠妝點，而是要美得渾然天成』的形象。我們應該要保住這種形象才對。」

徒弟的完美答覆差點讓我嘴角失守。

「是啊，妳答對了。因為有這樣的慶典，更要拿出歐露娜的本色。」

我向庭院裡賣蜜蠟的孩子們搭話，還表示自己不只想買店面擺的份，連儲備的蜜蠟都要統統包下。

孩子們開心地跑進教會，用雙手捧著滿滿的蜜蠟回來了。

「伊路葛哥哥，你買蠟燭要做什麼呢？我們要做的是保養品吧。」

「嗯，即使一概統稱為蠟燭，這可是蜜蠟。只要有這玩意兒，就能製作頂級的保養品了。」

蜜蠟的原料是蜂巢，有意的話就連蜜蠟都可以吃。

要發揮歐露娜的風格，用蜜蠟來製作保養品再合適不過。

「蠟燭能變成保養品，簡直難以置信呢。」

「我想只要看到成品，妳就會喜歡。何況用蜜蠟的理由不只是適合當保養品，以慶典的商品而言，它會有最高的附加價值……我進去找神父談一談。」

商品重要的是品質，不過包裝與附加價值亦然。
為此我要去跟對方交涉。

Episode6

第六話 暗殺者製作化妝品

The world's best assassin, to reincarnate in a different world aristocrat

地點換到歐露娜承租的店鋪，並開始作業。

我是在辦公室隨附的廚房進行作業。由於這裡並非工坊，實在找不到專門的設備。

然而，接下來要製作的化妝品就算在普通廚房也足以完成。

分店的員工們正圍在遠處觀摩。

由於耳朵靈光，我可以聽見他們講的悄悄話。我——伊路葛・巴洛魯身為歐露娜的創始者，似乎被當成了傳奇性人物，使他們對我有著憧憬之情。

「伊路葛哥哥，在這種普通的廚房就能製作化妝品嗎？」

「不成問題，反正我要做的東西沒有多困難。」

我在桌上將材料攤開。

話雖這麼說，材料就只有三項。

葡萄籽油……將製作白酒時去除的種子榨出油來用。歐露娜著手經銷的商品，材料取自葡萄，香味也就清爽不黏膩的油。因製作費工，價格昂貴，卻頗受歡迎。

精油……從植物抽取出的揮發性油脂，這在歐露娜的眾多化妝品都有使用。作為原料的香草是我一路追求理想中的香味，才終於在海外找到的貨色。用它能提升歐露娜化妝品的檔次，同時也讓這種香味被認為是歐露娜的特色。

蜜蠟……在教會收購來的，原料為蜂巢。蜂巢是從蜜蜂的蠟腺分泌出的天然蠟。

「只用這些材料嗎？」

「是啊，就這些。然而，這些材料既有高品質又具備獨創性。葡萄籽油與精油是歐露娜的強項，還有呢，這些蜜蠟……儘管品質普普通通，但是產自這座城市的教會就大有意義。」

「啊，原來是這樣。的確，要在慶典販賣的話，確實沒有比這更好的選擇。」

不愧是瑪荷，光聽這些說明似乎就懂了。

我立刻動手製作化妝品。

將葡萄籽油與蜜蠟裝進瓶裡，就這樣隔水加熱。

蜜蠟融化後仔細攪拌，最後再加進精油並且進一步攪拌。

接著，把這裝進口紅用的容器裡放涼。

一般會靜置半天左右，但我希望盡快示範，就用了魔法散熱使其凝固。

「完成了。」

「形狀跟口紅一樣，但這是什麼呢？」

「護唇膏。可以算護膚乳液的嘴唇版保養品。以往歐露娜保護的是膚質，卻沒有保護到嘴唇。明明氣候如此乾燥……瑪荷，剛才跟妳接吻時有一絲乾燥讓我感到介意，再加上看見蜜蠟，就成了我製作這東西的契機。」

瑪荷難為情地掩住嘴唇。

明明沒什麼好害羞的。

嘴唇很嬌嫩，如果像這座大陸一樣時時吹著乾燥的風，傷害就會累積。何況像瑪荷這樣從事壓力大的工作，嘴唇更是立刻就會變得乾澀。

我為這樣的人製作了這玩意兒。

「哎喲，你真是不看場合……還有，這樣不好啦。」

瑪荷細聲嘀咕。

總結她所說的內容，就是日前我用盧各・圖哈德的身分與瑪荷訂了婚約。而現在，我是伊路葛・巴洛魯。

瑪荷原本就與伊路葛感情融洽，還被他人傳成情侶。正因如此，要是瑪荷跟盧各訂婚後還與伊路葛打情罵俏，難保不會被說閒話。

「我倒覺得妳顧忌太多了……總之，與其叫我顧及場合裝作不知情，我更希望讓妳的嘴唇變好。瑪荷，我要立刻把這個用在妳身上。」

我將手湊在瑪荷的下巴，讓她轉向我這邊，並且為她塗上剛做好的護唇膏。

店裡的員工們見狀便嚷嚷起來。

隨後，瑪荷用手指撫過嘴脣。

「嘴脣變滑嫩了呢。而且，不會覺得痛。」

「這是保護嘴脣的用品，對雙手乾裂也同樣有用……既為保養品，亦為藥品。」

「將蠟燭塗在嘴脣上，不會有問題嗎？」

「蜜蠟是將蜂巢凝固後的成品。既然蜂巢能吃，這就不可能會出問題。」

用蜜蠟製作護脣膏就是基於這個理由。既然是要塗在嘴脣上的，就不能使用對身體有害的原料。

蜜蠟熔點高，不會因為體溫或氣溫就融化，可以確實保護嘴脣。

而且為了讓蜜蠟滑順好塗而添加的油，也是以葡萄籽為原料的葡萄籽油，還有以香草為原料的精油。

這支護脣膏即使舔了也沒有任何問題。

「這不錯耶。但是，沒辦法塗口紅或許就不好了……在公關場合無論如何都會需要塗口紅啊。」

「塗了護脣膏以後，再塗上口紅。它也可以保護嘴脣不受口紅的傷害。」

「這樣啊？太令人感激了。嘴脣乾裂時塗口紅都會痛，更討厭的是連癒合速度都會變慢。」

正因為歐露娜專售保養品，這才有銷路。

「問題在於這跟乳液不一樣，立刻就會被人模仿。」

乳液的情況是將水與油揉和需要用特殊手法從大豆抽取成分，只要沒有洩露出去就不會被模仿；護唇膏卻是有人目睹就會立刻被看穿製程。

原理單純是用油來保護嘴唇。只要掌握這一點，用什麼樣的製作方式都無妨。

「那倒不會。剛才我說過，美妝品是其他商會的強項，所以不去追隨他們的腳步，不過保養品就相反了。歐露娜有專賣保養品的形象，假如推出一樣的商品，會贏的就是歐露娜。」

即使像這樣在閒聊中穿插陷阱，瑪荷也會立刻看穿。

或許瑪荷的生意頭腦早就已經趕上我了。

「再說，伊路葛哥哥，你還有沒講出來的策略吧。」

「誰曉得呢，妳指的是什麼？」

「使用蜜蠟的意義。」

「這一點啊。好，把妳的解答告訴我。」

瑪荷用認真的眼神望著我。

宛如學生在挑戰測驗。

「在這座全世界都會有人聚集過來巡禮的城市，當我們販賣的物品是經由教會之手就已經占盡優勢了喔。既然要買伴手禮，大家都會希望能沾雅蘭教的光。從這點來看，由雅蘭教教會經手過的商品會是最理想的。當作蜜蠟賣會因為欠缺需求而滯銷，但只要像這樣製成化妝品產生實用性，就能引爆銷路。」

「答對了。沒有任何需要補充的部分。」

「所以，你才會去跟神父交涉吧。目的是要確認我們能不能把教會製作的蜜蠟當成賣點。」

那項交涉比任何環節都重要。

擅自利用雅蘭教教會名義的話，後果就是等著被對方狠狠反咬一口。

「正是如此。神父是個好人，他開了條件要歐露娜從營收捐一點善款出去，就同意我這麼做了。如此一來，我們就可以把這款護唇膏當成受過雅蘭教祝福的化妝品銷售。信徒應該會蜂湧來買，畢竟這也很適合當伴手禮。」

「這是與慶典最相稱的主打商品呢……果然，我還是追不上伊路葛哥哥。畢竟哥哥光是在街上逛一天，就想出了這種打破現有規則的商品。」

瑪荷內心有以我為榮的驕傲，還有自認以商人而言已經追上我……不，已經追過我卻又信心瓦解的懊惱。兩股情緒正交雜在一起。

「那是妳對我過譽了。研發商品不過是靠直覺來將名為經驗的拼圖組合成形罷了。那需要才氣，但我對妳要求的並非那一點。守護商會，進而令其茁壯的手腕——這才是頂頭上司要有的能力，也是我對妳期待的地方。」

研發商品不必勞煩商會的領袖。

這種事只要聘請有能力的人就好。

然而，決定商會的方針並掌舵，就只有站在頂端的人能辦到。

「這我倒是明白。不甘心就是不甘心嘛。好，我決定了。伊路葛哥哥，一年之內，我一定會創造出不靠你就能熱銷的商品。」

「妳依舊不服輸耶。」

「這也是商人所需的才氣啊。」

果然，瑪荷是個堅強又伶俐的女孩。

我可以放心把歐露娜交給她。

「期待妳的表現。當下要先準備慶典。既然妳也中意，招牌商品就正式決定由護唇膏擔綱吧。我們得一面量產這玩意兒，一面設計造型並進行包裝。時間緊迫。」

「也對。接下來是與時間的戰鬥，麻煩大家也要合力協助。」

從遠處觀摩的分店成員們都精神奕奕地答了話，然後聚集過來。

不錯的成員。應該是瑪荷苦心召集來的吧。

我對這項商品有絕對的自信。而且，還有如此優秀的成員在。

歐露娜在慶典肯定會成功才對。

Episode7

第七話　暗殺者享受慶典

The world's best assassin, to reincarnate in a different world aristocrat

慶典終於開始了。

舉行慶典的期間長達三天。我的聖人認定典禮則是在明天傍晚舉辦。

選第二天舉行認定典禮也有其理由，趕第一天辦完將失去重頭戲，導致第二天之後的客流量劇減。

話雖如此，拖到第三天就會使開幕有欠精彩。

從這點來看，第二天傍晚可以說選得絕妙。

既能掌握希望早日到場的客層，又可以爭取在傍晚觀禮以後決定再多住一晚享受第三天行程的旅客。

這套高明的生意經值得效法。

「今天可以盡情地玩喔……呃，我該怎麼叫你才好呢？」

我們正以遊客的身分享受這場慶典。

蒂雅之所以在煩惱要怎麼稱呼我，是因為我做了喬裝。

我扮成有別於伊路葛・巴洛魯的模樣。

伊路葛本身也是名人。

如今慶典已經開幕，大商會的幹部們陸續來到更會對我造成不便。

「照樣叫我盧各就好。當成撞名應該不至於構成問題。」

「盧各，那我就這麼叫你嘍。」

進入約會模式的蒂雅挽著我的手臂。

塔兒朵羨慕似的望著這一幕。

換成平時，我會問塔兒朵是否也想這樣，但我接受了蒂雅打算為塔兒朵訓練積極性的提議。

照蒂雅的說法，我就是太寵塔兒朵才讓她無法成長。

如果每次塔兒朵露出巴望的臉都能如其所願，她永遠也學不會主動開口。

我認為有道理，就假裝沒有注意到塔兒朵……不過，這股罪惡感是怎麼回事？

而且，今天在場的不只我們三個。

「不好意思，連我都跟來了。你們難得出來約會，我這樣會不會打擾到你們？」

「諾伊修，如果你那麼想，麻煩自己識趣一點。」

今天不同於往常，除了蒂雅與塔兒朵之外還有兩個人隨行。

第一個人跟妮曼同為四大公爵家出身，菁英中的菁英，諾伊修。看外表會覺得他像喜好玩樂的軟男，相處後就能發現他是條有信念的熱血漢子。
另一個人在聽見我挖苦後就慌張起來。
「那、那個，我是不是回去比較好？」
「玩笑話啦，艾波納。同班同學偶爾和睦地出來散步也不壞。」
「嗯，就是啊。真的好久沒跟盧各一起玩了。我有好多話想跟你聊。」
第二個人則是勇者艾波納。
被女神斷言為打倒魔王後將毀滅世界的災厄。我就是為了殺她才轉生到這個世界。
她隱瞞自己是女性，言行舉止表現得像個男人。
艾波納的相貌原本就偏中性，因此無論怎麼看都是個美少年。
「呃，盧各少爺，請問我來這裡不要緊嗎？」
塔兒朵問的意思是：我不用去幫化妝品牌歐露娜的忙嗎？
「沒關係。對了，瑪荷有話要我轉達。她說：『我已經充分享受過了，所以接下來換塔兒朵去玩吧。』」
「瑪荷小姐太會為人著想了……明明我都能一直陪在少爺身旁。」
明天有聖人認定典禮，我便完全無法行動，但今天是自由的。尤其開幕第一天容易出狀況，歐露娜有我在會比較好。
即使如此，瑪荷仍叫我們去享受慶典。

「她真的是個好女孩。」

我附和。

與其說瑪荷是個好女孩，應該說她是個好女人。

「對了，先不提身為勇者被派往各地的艾波納，諾伊修在這一週都做了些什麼？」

目前諾伊修是我們的同學，卻也是魔族的部下。

為了獲得力量，諾伊修投靠與我結盟的蛇魔族米娜，成了她的僕從。正因為彼此有同盟關係，我才不必跟諾伊修拔劍相向。

然而，即使有同盟關係，他依舊是背叛了人類，我必須保持戒心。我一直都有派諜報員監視諾伊修，卻統統被甩開，沒能掌握他的下落。

「身為四大公爵家的子嗣就會背負許多枷鎖，還得來這種城市到處向人問候。」

那是騙人的。

假如諾伊修有那些舉動，我早就掌握到了。

他並沒有以人類之身示人，而是以魔族手下的身分在行動。

「諾伊修，麻煩你別太亂來。我希望跟你當朋友。」

「我也一樣喔。盧各，你是我寶貴再寶貴的好友……我會像這樣來干擾你們約會，也是為了跟你在一起啊。」

諾伊修把手搭在我沒被蒂雅貼著的另一側肩膀，並且對我露出笑容。

「被男人這麼對待，我可不覺得開心。」

「哈哈哈，我搭完肩膀也覺得難受……盧各，你變了呢。變得更有人性。」

「聽你的口氣好像我本來沒有。」

「對啊。感覺你原本距離有人性還差一步。」

一瞬間，我受到動搖而愣住了。

因為他一語中的。

我在前世只是個聽從組織命令的傀儡，到最後一刻被背叛才希望自己能成為人類。

於是當我用盧各的身分過活，就蒙受了父母的愛，還與蒂雅她們認識，學到所謂的人性。

遇見諾伊修時，我還以為自己已經學會當人了……如今回想起來，當時我仍是扭曲的。

「你別這樣陷入沉思嘛。盧各，我今天只是想盡情地玩。畢竟這或許是我能像這樣跟你純真地玩樂的最後機會了。」

「這話是什麼意思？」

諾伊修沒有回答我的問題，一離開就去找塔兒朵獻殷勤了。

塔兒朵心慌歸心慌，仍然有確實地拒絕。

在我看來，那只像為了迴避我所質疑的「最後」是什麼含意。

……還是別追問好了。

正因為無法回答，諾伊修才會這樣跟我打哈哈。

起碼在同學相聚的當下，要暫時忘記在我們身邊環伺的那些麻煩。

「我從之前就有這種感覺，你特別喜歡騷擾塔兒朵耶。」

諾伊修從初次見面時就在對塔兒朵獻殷勤。

「啊哈哈，因為我喜歡塔兒朵同學啊。」

塔兒朵又低頭向對方說了抱歉，委婉地拒絕。

「夠了，麻煩你住手。塔兒朵好可憐。」

「說是這麼說，你會不會只是排斥自己的東西被別人碰呢？」

「……是啊，這點也有。塔兒朵已經是我的未婚妻了，你別碰我的女人。」

「什……怎……盧各少爺，怎麼這樣嘛。」

塔兒朵滿臉通紅，很是難為情。

於是，諾伊修「哦」地笑了出來，還向我低頭賠罪。

「雖說我不知情，這次的事是我理虧。彼此有一陣子沒見面，沒想到連這種部分都改變了呢。我再怎樣也不至於無恥到對朋友的情人出手。」

抬起頭的他一臉誠懇。

「……我該怎麼回話才好呢？令人頭痛。」

「不用多說什麼啊。請你讓塔兒朵同學幸福。嗯，光是知道你接納她，來這裡就算不虛此行。我放心了。」

「什麼意思？」

「希望自己喜歡的女孩過得幸福，會很怪嗎？」

「怪是不至於，卻讓我覺得突兀……倒不如說，我一直以為你喜歡的是妮曼。畢竟妮曼也都滿為你掛心。」

我以為妮曼與諾伊修之間有著特殊的關係。

畢竟妮曼每次都會擔心諾伊修，還有過想幫助他的跡象。

「啊啊，該怎麼說呢，我跟她的關係就像姊弟一樣……彼此同為四大公爵家之後，我們從小就常碰面，有段時期還訂了婚約。不過呢，洛馬林公爵表示我令人失望就取消婚約了。在有意作育完人的那一家看來，我似乎是個瑕疵品……即使洛馬林公爵沒出面說話，或許我還是無法保住彼此的關係。對十全十美的妮曼來說，我不過是個沒出息又需要關照的弟弟。我對此感到不甘，才希望還以顏色而一直努力到現在。」

他這段說明頗合情理。

妮曼談到諾伊修的時候，與其說是情侶，反而更像出於監護者的觀點。

塔兒朵怯生生地舉手。

「請問，為什麼諾伊修同學會喜歡我這樣的人呢？」

「啊，這個嘛，因為妳是胸部大的女僕兼可愛型美女。」

「什……因、因為胸部嗎？」

塔兒朵紅著臉遮起胸脯。

「還有，我喜歡妳這種性格與舉止，跟我母親很像。我父親自稱四大公爵家之首，擺足了架子卻與女僕有染，然後才生了我。所以嘍，我有戀母情結。哎，或許這並不算戀母情結，原本我打算娶個跟母親相像的傭人當妻子，看這樣能不能激到父親。」

諾伊修樂得笑了出來。

模樣爽朗到讓人覺得不自然。

「現在回想，我懷疑自己一路走來都沒有度過自己的人生。我盡想著要報復他人。我想報復家裡那些認為混了下人血統就前途無望的傢伙；我想報復後悔與母親有染的父親；我想報復對我烙上失望的印記還悔婚的洛馬林；我想報復把我當沒出息的弟弟，強迫我接受溫情的妮曼……然後，我更想報復斷定我實力較低的盧各．圖哈德。」

這些話裡蘊含著強烈的情緒……不，強烈的怨氣。

「不過，現在全都無所謂了。我找到了只有自己才辦得到的事，而且那是連妮曼或者你都辦不到的。嗯，感覺舒坦多了。很慶幸聽我吐露這些的人是你，而非別人。」

諾伊修露出將怨氣一吐而盡的清新笑容。

我想不出能說的話。

現場傳出了「啪」的一聲清脆的聲響。

是蒂雅拍手要我們注目。

「哎喲，忽然來一段這麼長的自述，你這個人很不懂看場合耶。重要的是慶典啦，慶典。」

「也對。有好多店家，光一天似乎逛不完。」

「盧各少爺，好像也有供遊樂的店家喔。」

「我也贊成蒂雅同學的意見。我們不如就痛快地玩吧。」

蒂雅幫忙改變了氣氛。

這樣一來，我們就能單純以同學的立場同樂。

不過，我心裡牽掛的只有一點。

諾伊修表示有他才辦得到的事……那是我能夠予以祝福，並且放他去做的嗎？

不阻止諾伊修的話，他將沉淪到無法回頭的地步。

我無法不去思考這些。

Episode8

第八話 暗殺者成聖

The world's best assassin, to reincarnate in a different world aristocrat

提起昨天，後來我們就依循這年紀的本色，到處玩樂並一同歡笑。

不巧的是第二天並無自由活動時間。

聖人認定典禮從傍晚開始，然而我從早上就要用寶貴的聖水清潔全身，還有所謂的賜福儀式，要我聽寶貴的聖言教誨，令人生厭。

於是太陽在轉眼間已然西沉，再過一小時就是聖人認定典禮。

目前進入最後的修飾階段。要整理頭髮、化妝、穿上頗具派頭的服飾。

雖然說制服是學生的正式服裝，在聖人認定典禮這樣的大舞臺上，似乎就難免讓人覺得不合宜了。

「據說這是受過女神祝福的衣裝，可是，我毫未感受到女神之力。」

「真是的，盧各。這種話你可不能當眾說出口。」

蒂雅提醒了我，照料我的助祭們則露出不悅的臉色。

蒂雅也換了與隨從身分相稱的服飾。那同樣感受不到女神之力，卻是一副美得足以讓人認為有特殊力量的神祕打扮。

蒂雅本身就有神祕的美感，因此合適得嚇人。

「盧各，由我陪同沒問題嗎？畢竟這種差事是讓專屬傭人負責打理的，希望塔兒朵不會沮喪。」

「之後我會跟她交代。」

在聖人認定典禮只能帶一名隨從。

假如只能帶一個人在身邊，我會選蒂雅。

「呃，你每次在只能帶一個人的時候都是選我，我會過意不去。」

「不然我下次選塔兒朵好了。」

「唔唔，那樣我好像會覺得超討厭耶。」

我把如此回話的蒂雅擁入懷中。

「蒂雅，我最喜歡的是妳，這是我對塔兒朵還有瑪荷都聲明過的，她們倆也接受了。即使如此，她們倆還是說要跟我在一起。妳不用為此感到內疚。」

「嗯，說得也對。何況我這樣太奸詐了嘛，明明會覺得過意不去，又不想把你讓給她們。乾脆擺明我就是要這樣，如果被情敵捅刀就到時候再說嘍。」

我倒覺得這樣有可議之處，不過簡單明瞭也好。

「哎呀，你們居然在這種地方打情罵俏，是在秀恩愛嗎？」

妮曼與雅蘭・嘉露菈一同出現了。

聖人認定典禮是我要從雅蘭・嘉露菈手中收下【聖人】之證的儀式，因此她當然會在這裡。

妮曼好像依然在當雅蘭・嘉露菈的跟班。

「差不多。」

「令人羨慕呢。」

我將妮曼的消遣之詞應付過去。

然後，我若無其事地打暗號。

跟日前洛馬林公爵在會議上用的一樣，亞爾班王國的貴族都學了這套暗號。暗號的內容是我希望跟她單獨對話。

對方回以了解的暗號。

我希望先向妮曼交代那件事。

◇

聽取了聖人認定儀式的程序說明以後有一段空檔，我便躲到由體積龐大的神具與大量行李造成的視覺死角。

在這裡就可以兩人單獨對話。

「盧各大人，莫非你想邀我去約會？」

「我沒有那種閒情逸致……是關於諾伊修的事。」

「我那愚弟又做了什麼嗎？」

愚弟啊。

這大概就是妮曼對諾伊修的認知。

我將昨天諾伊修的模樣詳細告訴她。

「我有壞預感。諾伊修從負面的角度看開了……總覺得他會釀出大禍，令人戒懼。我也會運用情報網監視他，但是基於情報網的特質，我這邊比較適合縱觀全局，不利於追蹤個人。」

「想想也對。好啊，我會動用洛馬林家的諜報部。不過，請盧各大人別寄予期待。其實從他落入魔族手中以後，我就一直派人監視，但是都被輕易甩開了。他擁有某種不可思議的能力，憑一等一的尋常人員無法勝任監視之職。」

以洛馬林家基準認定的一等一人員也會被甩開啊。

這樣的話……

「要由我親自監視，或者……」

「我與父親大人，抑或祈安・圖哈德。必須出動這種等級的人才呢。」

「洛馬林公爵以及妳都無法動身吧。」

「是的，畢竟左右國家命運的工作所在多有。」

「至於我……」

「哎，應該不能指望。既然盧各大人成了【聖人】，就沒辦法任意行動。」

「這麼一來，只好找我父親。」

「洛馬林家會幫忙遊說，讓王室對圖哈德發出委託。不過，這樣好嗎？」

「妳問的是什麼意思？」

「盧各大人難保不會促成讓自己父親前赴死地的局面。」

跟蹤淪為魔族手下的諾伊修。

以往即使失敗也沒有造成損失。

然而，那不過是因為諾伊修能甩開諜報員，沒有刻意攻擊的必要。

換成我父親，就能免遭甩開，諾伊修發動攻擊的必要性便隨之而生。

「圖哈德的技藝是為了亞爾班王國而存在，我們都有所覺悟。」

「無論發生什麼後果，還請盧各大人別怨恨我。」

對話就此結束。

我的提議將導致父親被派去監視諾伊修。

……擔憂歸擔憂，我同時也心存信賴。

只要父親出馬，無論發生什麼都會以帶回情報為優先。他才不會喪命。

◇

聖人認定典禮的盛況教人吃驚。

比處決我的時候更熱鬧。

我穿著據說受過女神祝福的衣裝，在歡呼與羨慕中站到了臺上。

隨行的蒂雅流露出神祕美感，相繼有人被迷倒。

跟大約十天前邊走邊被投以罵聲與石頭的局面迥然不同。

雅蘭・嘉露菈已經於臺上待命。

她手上拿的是新娘會在婚禮使用的頭紗。

（哦，這裡所用的是真貨。）

確實能感受到女神之力。

不僅如此，感覺還有跟神具一樣的特殊力量……這恐怕也是神具。

我跪到雅蘭・嘉露菈面前。

「盧各・圖哈德，女神代言者雅蘭・嘉露菈認同你為獲神遴選之人。此即信物。」

雅蘭・嘉露菈為跪著的我戴上頭紗。

如雷的歡呼聲隨後響起。與其說是聲音，那更像衝擊波，令頭紗搖曳。

「如今，第八名【聖人】在此誕生了。魔族所帶來的黑暗，正是要靠盧各．圖哈德掃除。諸位，獻上禱告！」

令人訝異的是歡呼在瞬間消失。

好幾萬人同時噤口，並且閉眼祈禱。

異樣的光景。明明像這種場面都會有幾成愛唱反調的人不理會或者當場閒聊起來。

女神之力好像有所增長。

原來這項儀式並不是徒具形式嗎？

幾萬人的祈禱傳達至我心裡，逐漸轉化成力量。

彷彿喝完頂級美酒的舒暢酩酊感。

而且，明明沒有人發號施令，全體信徒卻同時停下祈禱，並且睜開眼看我。

「盧各．圖哈德，起身，向眾人發話。」

我站起身，回過頭。

言語自然地脫口而出。

「我接收到了眾多的祈禱。這份祈禱將轉換成力量，掃除黑暗。」

更勝剛才的大歡呼。

現場被狂熱的情緒籠罩。

在這當下，我的目光被單單一人吸引住了。幾萬觀禮者當中的單單一人。

那是諾伊修。

諾伊修爽朗地笑了笑，並且微微揮手，從現場轉身離去。

他那不經意的舉動，我在教室也看過好幾次。

可是，不知道為什麼。

那稀鬆平常的舉止卻讓我覺得特別，彷彿往後再也沒有機會目睹。

Episode9

第九話 暗殺者回到學園

The world's best assassin, to reincarnate in a different world aristocrat

慶典過後，諾伊修失蹤了。

從他在慶典中的那種態度看來，應該是當時就打算銷聲匿跡了。

我該阻止諾伊修才對……不，無論說什麼都沒法留住他吧。

諾伊修失蹤幾天之後，情報網探查到疑似他的人物，洛馬林便促使王室下達命令。

我父親隨即出發了。

（只要父親揪到諾伊修的尾巴，我就能祭出下一招。）

在那之前都無從施展。

我懷著鬱結的心情回到了學園。

成為【聖人】的消息在學園也已經傳開，本來在學園就受人注目的處境更加惡化。

因此，像今天這樣關在宿舍的狀況變多了。

「呃，盧各少爺，有好多信件呢。」

「……表面上校方可是要求別把家世之爭帶進學園裡的。」

雖然校方不讓學生把貴族間的上下關係或桎梏帶進學園，卻無法完全隔絕。

反而有許多人會藉故來親近。

絕大多數的信都是要邀我參加茶會，還看得出想暗中跟我搭上線的意圖。

有的甚至更直接地提及親事。

「真過分。明明我們都已經宣布訂婚了。」

蒂雅不悅地鼓起腮幫子。

我們的婚約依正規手續被報告給主君，再廣傳至貴族社會。

以【聖騎士】身分成功討伐魔族的我宣布訂婚，本來就極度受注目，消息一瞬間便傳遍貴族社會。

「那只是訂婚而非結婚，貴族之間的婚約是可以輕易推翻的。何況蒂雅妳們身分較低，高階的貴族都認為趁現在就可以推翻婚約，還肯寬宏大量地認同妳們當側室……這大概就是他們的居心。」

蒂雅雖屬伯爵家之後，卻藏起了身分。

目前蒂雅只是男爵家的千金。

從其他貴族眼中看來，以這層意義來說我也是個好目標。

「說來可真沒禮貌。」

「是啊。還有，蒂雅、塔兒朵，妳們要比過去更加提防四周。以往那些人頂多認為把我納為親人可以鞏固自家與王室之間的聯繫，但現在我被認定為【聖人】了，非但可以藉此跟教會攀關係，更會有想沾光讓自己獲得女神祝福的人出現。動武除去礙事的未婚妻是十分有可能發生的狀況。」

這類凶案的事例要多少都有。

「你放心。人類當中，能贏過我們的人可不多。」

「是的，我從少爺那邊受過許多訓練，也獲得了力量！」

蒂雅是魔法天才；塔兒朵儘管缺乏天分，卻勤勉得令人難以置信，還受過圖哈德的英才教育。

而她們都靠著【追隨我的眾騎士】得到了更強大的力量。

我不誇大，她們的實力在這個國家足以排進前十吧。

「無論再怎麼強，被趁虛而入的話，只要是人都不堪一擊。專精此道的我更是了解這一點。」

「也對。嗯，我們要小心才可以。不過，可別忘嘍，我也受過你那專精趁虛而入的教育。」

「蒂雅小姐說得對。只要明白如何進攻，也會跟著明白要如何防備。最有效的就是都跟少爺在一起。」

「是啊，要盡量避免單獨行動。」

避免落單。

說起來單純，卻是最有效的方法。

「啊，有客人來訪呢。」

門口附的鈴響起。

塔兒朵將來客迎進房裡，那名客人有些出乎我的意料。

「抱歉，我有話想跟盧各談。」

是勇者艾波納。

她穿便服，選擇的卻還是男裝。

「那麼，艾波納同學，我去準備茶與點心喔。」

「呃，塔兒朵，謝謝妳的心意，但我想跟盧各兩人單獨談話，因為是重要的事。」

苦惱的臉色。

「我明白了，艾波納，我們到外面去吧。」

片刻前才交代她們倆要跟我一起行動，真是尷尬。

話雖如此，總不能放著現在的艾波納不管。

「謝謝。我不會占用太多時間。」

艾波納腰際有一柄佩劍。

仔細觀察，可以知道艾波納已經進入備戰狀態。

……她打算收拾我嗎？不，不可能。即使她有意交手，也感受不到殺氣。

艾波納是徒有強度的外行人，辦不到隱藏殺氣的技倆。

儘管心生疑問，我仍效法艾波納佩劍，並且在確認過身上藏的槍與暗器的狀態後才到了外頭。

◇

宿舍附設的訓練場。

白天很是熱鬧，但在日落後就空無一人。

我在那裡跟艾波納面對面。

「對不起，盧各，有件事我一直瞞著你。」

我只是默默地等艾波納說話。

「諾伊修從滿久以前就不是人類了……我有可以分辨這一點的技能。我明明知道，卻什麼都沒說。」

艾波納泛淚懺悔。

「為什麼妳知道卻沒有說？」

「……雖然諾伊修不是人類了，卻還是保有他的本色。他依舊是我那細心、勤奮又愛耍帥的好朋友。說出來的話，我就非殺他不可，所以我說不出口。」

艾波納將發抖的手伸向劍柄。

「諾伊修變強了。雖然說，他遠遠比我弱，但是已經比我以外的人都強了。盧各，能殺他的肯定只有我跟你。」

「是嗎……我懂妳的心情，任誰都不想殺害朋友。其實，我也早就知道了。與其說我有發現，那傢伙還主動來向我炫耀，說自己獲得了新的力量。」

艾波納似乎沒有想像到這件事，就露出了呆愣的臉。

「盧各，為什麼你都沒說？」

「因為我跟把諾伊修變成怪物的魔族如此約定過。」

「……原來你背叛了人類。」

艾波納洩出些許殺氣，扎在我的皮膚。

「錯了。我跟對方做了交易。那個魔族嫌其他魔族礙事，為了要我收拾那些傢伙，便向我提供了情報。如果缺少那些情報，有的魔族我就無法戰勝，而且有些生命我也拯救不了。正因為有對方提供的情報，我才能趕上許多場戰鬥。」

艾波納的殺氣逐漸萎縮。

「居然有那樣的魔族。」

「艾波納，妳只認得那頭豬魔族，還有在聖都遇見的人偶師魔族吧。魔族也有許多種類，誇耀力量的傢伙、膽小而四處逃匿的傢伙、支配欲強得出馬取代教皇的傢伙、喜歡人類文化而樂在其中的傢伙。」

「……我不想知道那些事。」

「敵人若不是單純的怪物，妳就無法殺它們嗎？」

沒有回應。

不過，如此沉默就等於認同。我不予催促，等對方回話。艾波納便帶著下定決心的表情開了口。

「我認為自己會變得不願意殺它們。但是，並非殺不了。我有做過約定，我非得當守護人類的劍。」

過去引導艾波納，還對她造成精神創傷的女騎士。

我感到好奇而試著調查過那名女騎士，就發現了好幾個不自然之處……對方恐怕是轉生者。

我了解那個女神的性格。祂才不會認為光靠純粹的戰鬥力就能應付勇者，可以想見轉生而來的應該是世界頂尖的教師，想透過教育替勇者繫上韁繩。

於是，失敗之後就將艾波納逼到了困境。

「妳要談的只有這些？」

「不是喔，你想錯了。我有事想拜託你。」

艾波納拔了劍。

「我呢，實力變弱了，變得越來越弱。因為我根本找不到一起訓練的伴，還被綁在王都，都無法跟魔族或魔物戰鬥。照現狀的話，本領只會持續退步。憑這樣的我根本保護不了重視的事物。」

在遭受巨魔魔族襲擊，學園毀壞之前，能陪艾波納好好訓練的人只有我。

「保護不了重視的事物。真的只有這樣嗎？妳並不是單純想洩憤？」

艾波納所持的技能就有那種作用。

她會在戰鬥中亢奮得性情驟變正是因此所致。

而且就算沒有因為戰鬥而亢奮，只要內心累積了不滿，那遲早也會爆發。

「嗯，沒錯，我覺得照這樣下去會爆發。諾伊修對我來說曾經像卡栓一樣，如今他不在了，我不曉得自己什麼時候會爆發。所以盧各，來陪我戰鬥嘛。憑你的實力就不會死吧？」

那麼，我該如何是好？

如艾波納所說，之前諾伊修都在保護她。身為勇者的艾波納背負的所有壓力，都有諾伊修應付處理，並用他的方式給予艾波納協助。

因為他身處公爵家且能力優秀才辦得到。那是連我都學不來的身段。儘管他目睹身邊的強者而被自卑感壓垮，非他莫屬的強處仍然多得是。

如果沒有他，艾波納就會直接面臨壓力。

如果艾波納的情緒爆發，對周圍將造成大傷害。如此一來，我認識的人也可能受到波及，因此我該陪她消解壓力才對。

……這是表面之詞。

坦白講，我想與她交手。

艾波納聲稱跟我分開以後就變弱了，但我反而變強了。經過鍛鍊，獲得各種武器，能用的魔法也增加了。

我想試一試，看看自己跟這個怪物接近了多少。

「好吧。不過，妳要戰鬥的話，這裡地方實在太小。」

位於宿舍中庭的訓練場，終究是以人類間戰鬥為前題所設計的場地。

像艾波納這種破格怪物大鬧起來的狀況根本沒有被設想在內。

「嗯，說得也對。這裡的東邊曾經有座山，我們就到那地方吧。在你用過不可思議的魔法以後，那裡仍保持被夷平的模樣。」

「那正好。」

我是在逞強。對暗殺者來說，障礙物多、腳下環境惡劣才比較有利，狀況卻由不得我奢求。

艾波納拔腿跑去，我追隨在後。

我邊跑邊思索。

我在思考不殺艾波納就能拯救世界的方法。話雖如此，事情總有萬一。不殺了她就無法拯救世界。我拋不開局面被逼迫到那一步的可能性。

假如發生那種狀況，我就會殺艾波納。當然，那是在找遍所有可能性仍無其他出路的最後一刻。

……我在這個世界不想失去的事物增加得太多了。即使把艾波納當成朋友，我還是更想保護蒂雅她們。

要拿出多少真本事呢？

我必須精確得知艾波納的實力，並且了解自己的實力對她管用到什麼地步。然而，我還得決定自己該用什麼招式、該藏什麼招式。

畢竟一度對勇者亮過的底牌就再也不會管用了。

Episode10

第十話　暗殺者挑戰勇者

The world's best assassin, to reincarnate in a different world aristocrat

沒有人的荒野，我與艾波納在那裡面對面。視野果真太過開闊，不利於我。若要提到救贖，就是來這裡的路上多得是森林能讓我藏身。這樣的話事情依舊可為。

「我們並不是打算廝殺。來定規則吧。較量時間為一分鐘，只要有人投降、暈厥或手腳骨折就結束。時間到算是平手。」

「嗯，這樣不錯，盧各。憑你的實力，面對我認真動手還是能應付一分鐘吧？」

跟艾波納交手有生命危險，另外還有個壞處，就是會喪失【追隨我的眾騎士】。

那原本是艾波納的技能。最多可以把自己的技能出借給三個人，並賦予一部分的力量。

只是，在決鬥中落敗的話就會被視為不符合騎士資格，技能將遭到剝奪，從而失去借來的技能與力量。

那會很令人困擾。

因此才要加上時間限制。

撐過一分鐘，雙方便算是平手，無人落敗。

雖然只有短短一分鐘，對付艾波納就實在太久。

考量到壞處，我不應該跟她戰鬥，但是能切身體會目前的戰力差距就值得我擔負這個壞處。

「諾伊修是個傻瓜。明明擔任勇者的卡栓，對世界和平就有充分的貢獻了……他卻認定自己一事無成，還被自卑感壓垮。」

假如沒有諾伊修陪在旁邊，艾波納早就發狂了。

諾伊修對於世界和平肯定是有必要的存在。

而且即使單從強度而論，他在看過我、妮曼與艾波納之後就被自卑感壓垮了，但那不過是找錯比較的對象罷了。

諾伊修傑出有餘。他遙勝破格人物以外的其他人，能贏過破格人物的地方也很多。他並非專精型，而是萬能型。諾伊修應該要理解自己有這樣的強處，並以此為傲。

「盧各，那些話你明明可以告訴他本人的。諾伊修兜圈子講過，他希望能被你認同喔。」

「……下次跟他見面，我會好好用言語傳達。」

我拔出劍。

這是幌子。我擅用短刀與槍。

我施展與蒂雅研發出來的新魔法。

【雷速】。

強化體內電流，令反應超高速化，進一步還能強化體能。

效果驚人，卻會對肉體造成傷害。沒有一邊利用【超回復】治療的話，立刻會變得無法動彈。

而【超回復】也來不及讓身體痊癒，能正常作戰的時間約一分多鐘。

將限制時間定為一分鐘，就不用在意這個弱點。

我還在頸子注射藥劑。這同樣是為了提升反射速度的措施。

憑身手的速度，我怎麼也追不上艾波納。即使如此，雙方要交手的話就只能靠反應速度來彌補。

做到這種地步，我才能跟上勇者的動作。

再加上……

「【風盾鎧走】。」

我用了自己的拿手魔法。

風之鎧。可以當成化解攻擊的盾，時而還能解開對風的壓縮化為推進力，兼顧防禦與機動性兩者的魔法。

「盧各，你準備好了嗎？」

「隨時可以奉陪。放馬過來，勇者。」

我招手，艾波納就笑著開戰了。

◇

艾波納直衝而來。

她踏穿的地面炸開了。

沒有聲音。不，聲音尚未抵達，艾波納就出現於眼前了。

快得足以將聲音拋下。

然而，我勉強能看見。

這要歸功於強化體內電流的魔法，以及藥物。

用最低限度的動作閃躲。不，除了最低限度的動作，毫無時間上的餘裕。

艾波納從眼前通過，隨後我就被無形的大槌掄飛。

（音爆嗎？）

這是超越音速之際會發生的現象，被擠開的空氣將化為衝擊波蹂躪四周。

艾波納調頭回來。

我解除【風盾鎧走】的部分鎧甲，在空中靠推進力閃躲，然後再次被震開。

護身的動作驚險成功。然而，用於護身的右臂骨裂了。

（連碰都沒碰到。然而，那並非問題。）

對方依舊迅速，但這次拉開了相當的距離。

這樣我就可以施展攻擊。

沒有時間動用魔法，更沒有時間大幅閃躲。不過，時間夠我拔槍扣扳機。

一流槍手只要〇・二秒就能持槍瞄準，並且扣下扳機。

那是我在前世的極限。如今我用魔力強化體能，還藉著魔法提升反射速度，從人類最高速〇・二秒又縮短了〇・一秒。

這樣就來得及！

三發點放。用於確實收拾獵物的射擊。儘管我以魔力強化過，手臂還是差點斷了。

這把手槍是重視威力的大口徑。而大口徑所用的子彈塞了琺爾石粉末，直到不至於膛炸的極限。

初速為秒速１０２０ｍ／ｓ，約為音速的三倍，甚至勝過反器材步槍。

即使裝載我所能想到的最佳後座力抑制系統，仍無法完全抵銷後座力，硬是靠強化體能將差點失準的槍口穩住，未能釋出的衝擊力就讓原本完好的左臂骨也裂開了。

「盧各，拿出你的真本事！」

威力超過反坦克步槍的子彈三發點放，艾波納卻躲也不躲地直衝過來，用額頭彈開了子彈。

……開玩笑的吧。

所謂的破壞力，取決於彼此的速度。

對方若以超越音速的身手衝來，承受的子彈威力理應也要累計上去。

可是，她毫髮無傷。

我把彈匣剩下的子彈全數射出，卻全部被彈開，對方還逼近到咫尺之間。艾波納以拳頭灌進我腹部的前一刻，我將風之鎧轉換成推進力全速後撤，想抵銷掉衝擊力，卻因為拳速太快而被追上。

不祥的聲音嘎吱響起，我遭到重拳轟飛。

「奇怪，這種觸感，並不是骨頭對吧！有意思！」

艾波納不可思議似的歪頭笑了笑，反觀我則是屈膝跪地吐出一團血。

剛才斷掉的並非我的骨頭，而是防彈背心的支架。

承受過強的衝擊就會刻意藉斷裂緩衝力道的結構。

我用了魔物骨骼這種輕巧堅固得違背常理的素材，設計上即使被三噸卡車全速衝撞也能承受的防彈背心，被對方一拳轟爆了。

假如沒穿這玩意兒，大部分的肋骨應該都廢了吧。

我在空中唱誦魔法，再次以【風盾鎧走】護身。

艾波納就對我直直地伸出了手掌。

「【火球】。」

在火系中屬於初期會學的魔法。由一般具備魔力者來用，生出的不過是拳頭般大小的火球。

讓勇者用的話就會蛻變。

過高的熱能化為電漿，以雷射砲般的超高速度朝我襲來。

我從【鶴皮之囊】取出改良成指向性炸彈的珐爾石，然後投擲。

炸開的珐爾石在半空灑出祕銀材質的干擾箔。

電漿接觸到祕銀材質的干擾箔以後，便分散漫射至周圍。

儘管我勉強抵擋了這招，問題是對艾波納來說這根本算不上殺招，只是一道初級的魔法。既然如此——

「【火球】。」

下一發自然隨後而至。

干擾箔幾乎被蒸發殆盡，電漿將我貫穿，使我的身影扭曲。

那是我的虛像。

以風魔法運用光線折射，進而映出幻影。

在缺乏日光的夜晚，原本是無法用這一招的。

然而，趁著四周被電漿照亮的當下就可以使用。

剛才干擾箔造成的擴散經過計算，釋出後能充分發揮幻影投映的效力。就算勇者速度再快，只要藏身於對方的認知範圍外……

（得手了。）

我不會愚昧到發出聲音。

抹消聲音與氣息，用短刀從死角朝艾波納的頸子全力捅下。

沉沉的聲響。

是骨頭斷掉的聲音。

那陣聲音來自我的手腕。艾波納實在太硬，灌注全力與全身體重的一擊讓反作用力全部回到我的手腕後的結果。骨頭已裂的慣用手臂變得不堪使用了。

劇痛令人想放聲大喊，我卻沒有那種空閒。艾波納使出反手拳轉身過來。

我以一紙之隔躲開，不，對方的拳威掠過了表皮。當我認知到這一點時，已經打旋飛了出去。

彷彿自身變成了砲彈。

我飛了幾十公尺遠才總算停下。

衣服磨破，皮開肉綻，傷勢慘重。打旋導致我的三半規管失靈，方向感已經完全錯亂，站不起來。

得找出艾波納才行……不對。

我單靠本能，翻身打滾。

我原本所在的位置成了大窟窿。艾波納從高空出腿踏向地面。大地爆裂，我隨之被震飛。

方向感總算回復。

（就算是決鬥，她未免做得太過火了。）

挨中那一腳的話，我的臉就毀了。

既然如此，我也要相應下重手。

好在剛才那招讓彼此拉開了距離。

而且艾波納奇蹟似的位於我設過陷阱的位置。

「【砲門齊射】。」

艾波納目前所在的地點，是我在決鬥開始前就定好的暗殺點位。

來這裡的途中，我走在艾波納身後，同時事先用魔法從【鶴皮之囊】取出大砲擺到定位。

靠普通攻擊沒辦法給予傷害。

對付艾波納根本製造不出施展大招的空檔。

然而，用陷阱就另當別論。

戰場位於視野開闊的荒野，不巧的是我並沒有好心到陪對方一直在不利於暗殺者的場地纏鬥。

我從一開始就是要引誘她來這裡。來這片能夠藏身並且設伏的森林。

來自全方位的【砲擊】落在艾波納身邊。

爆炸聲陣陣重疊，破壞的餘波令沙塵揚起。

所謂的破壞力，越是無處疏散就越強。

我從剛才就被打飛好幾次，但是讓自己飛出去無非就是為了將施加在自己身上的能量以動能形式疏散出去。

理想的攻擊是從全方位同時給予相等的力量，並且不讓力道流失，令其全數傳導至對手身上。

……我花了工夫設這個陷阱。即使透過計算求出理想的配置，也未必能如願在符合期望的地點發動攻勢。

畢竟再怎麼運用魔法，能不被艾波納察覺而發動攻勢的時機依舊有限。

一再的妥協與重新計算。結果，就算稱不上理想，我還是完成了具備足夠殺傷力的配置，並且一邊佯裝被艾波納擊退一邊把她引到了那裡。

「經過改良，來自全方位的【砲擊】成功提高了最大威力。從計算來看，威力甚至超越【神槍】……」

我毫不鬆懈地運用探索魔法尋找艾波納的蹤跡。

找到了，她正在活動……不，她正朝這裡衝刺而來。

想做出反應，身體卻像鉛一樣沉重而失去了先機。剛才的損傷仍有殘留？不，錯了。這是【雷速】的反作用。

在爭取零點一秒的決鬥當中，是過於致命的損失。

艾波納的指甲硬化後猶若利劍，扎入我的喉嚨……不，她在前一刻停下了。

「真可惜。明明再多一秒就是我贏了。」

「是啊，正好過一分鐘。」

艾波納停下動作是因為時間到了。

「令人意外，這次妳保有理性直到最後啊。」

能以秒為單位精確計時。

放掉理性的人辦不到這種技倆。

「我還有得磨練呢。盧各，遇到你的【砲門齊射】難免會把持不住，眼前變得通紅以後，理智斷線的情緒都被我宣洩在飛過來的砲彈上了……你看，才這樣就了事了。」

搖晃而無力垂下的左臂。

骨頭全斷了。

我成功回敬了勇者一招。

……反過來說，【神槍】等級的招式何止殺不了她，頂多只能傷到一條手臂。

艾波納越來越像怪物。

我有在萬一時殺她的覺悟，卻體認到如今自己變強了也還是難以達成。

（……哎，算是大有成果吧，確認了艾波納目前有多強。而且我藏了底牌，還能夠跟她對抗到這種地步。）

這次戰鬥所用的手牌，幾乎都是我在對付巨魔魔族之際用過的。為了緊急情況準備的新手牌並沒有洩底。

不擇手段的話，我應該可以打得更漂亮。

「抱歉。跟妳交手，我沒辦法放水。」

「沒關係沒關係，都已經痊癒了。謝謝你拿出真本事。沒有像這樣互搏，我也不會覺得爽快，何況變遲鈍的身體也活絡起來了。我有這種感覺。」

話說完，艾波納轉了轉雙手表示自己沒事，包括理應斷掉的左臂。

賭命造成的傷害也能立即康復啊。即使靠我的【超回復】，速度也沒有這麼離譜。反倒是我連站著都費盡了力氣。

強行讓體內電流加速的代價，以及藥物的副作用。即使外表並未受傷害，我也已經千瘡百孔了。神經系統受到的傷害就算靠【超回復】，要康復也還是耗時。

我躲不掉艾波納的最後一擊，原因出在強化效果到了時限。

跟艾波納交手比我設想的還要吃力，讓強化可能時間縮短了幾秒。

……測試時從未出現過這種狀況。光是得知跟艾波納等級的敵人戰鬥就會被逼迫到這種地步，應該稱得上收穫豐碩。

「盧各，下次再跟我打吧。我希望能變強，也非變強不可。」

「為了守住約定嗎？」

「嗯。但是，並不只是因為那樣。我的技能裡有一項叫作【未來運算】，總覺得我的心正在為此躁動。雖然那只是一種含糊的感覺，它正在敲響警鐘，告訴我繼續軟弱下去是不行的。」

……這也跟我聽雅蘭．嘉露菈轉述的女神與魔族的密談內容一致。

原本勇者跟魔王對決之前就會與魔族連番交手，並且在過程中變強。

然而，那些機會統統被我搶走了。

艾波納在對付魔族最先派出的豬魔族時，潛力是歷代勇者中最強的。然而除了那一戰之外，她都沒有跟魔族正常交手過，如今並不能確定她是否仍為歷代最強者。

（我缺乏情報。）

就算艾波納實力尚弱，只要我能直接打倒所有魔族，並阻止魔王復活，那就沒有任何問題。

可是，假使無從防堵魔王復活，而且如女神所說的「只有勇者能打倒魔族」——

我至今的所作所為就不是在保護世界，還會帶來摧毀世界的後果。

倘若如此，我就得負起責任，為了保護我的世界。

Episode11

第十一話　暗殺者與女神再會

The world's best assassin, to reincarnate in a different world aristocrat

醒來以後，我發現自己待在白色房間。

……不，我並沒有醒。這是夢。

我又被召來這裡了？

由於已經被召來好幾次，也就不會大驚小怪了。

「女神嗎？」

「是的～～好久不見～～你親愛的女神來嘍，耶嘿！」

「……妳又改換性格了啊。這樣會讓我覺得莫名其妙，打住吧。」

「哎喲，你還是一樣冷漠耶。真不愧是冰之暗殺者。」

「還真是令人懷念的名號。」

「羞羞臉～～羞羞臉～～你的外號好中二♪」

我在前世被取了好幾個外號。

這是因為除組織高層之外，沒有人知道我的真面目與本名，在黑社會流傳的就只有一名神祕而高超的暗殺者。

發展到最後，有段時期只要發生下手人物不明的超高難度暗殺，全都會被指稱是由我所為。

令人頭痛的是那些傳言何止誇大，甚至到了無中生有的地步。

「有事快說。」

「什麼事都沒有喔，只是叫你過來而已。嗯哼。」

「我不懂妳這是什麼意思……不，叫我過來的動作本身就是一項訊息嗎？」

「哦，厲害。好在你是個聰明的孩子。最近可用的資源實在太太太拮据了，我頂多只能把你叫來，連要給一句建議都很吃緊呢，女神難為喲。一旦收支虧損，我就只能從別的地方調借資源，如此一來，世界可是會機能失靈而處處發生故障的～～」

她說出極為恐怖的話。

「妳提到資源不足，是不是魔族在預謀要搞鬼所造成的？」

「討厭啦～～我怎麼可能答得了呢～～」

「因為會消耗資源？」

「正是。對世界進行干涉就是這麼吃力喔……哎，因為你已經發現了，我才能向你坦承，之前聲稱只有讓你一個人轉生是天大的謊言。而且，你以外的人都已經失敗了。世界頂尖的暗殺者先生，你無疑位在世界的中心，你的行動將會左右世界的命運。走到這一步的只有你而已。不過，這導致干涉你所需的資源用量變得非常兇，真的讓我氣壞了呢。」

「設計精良的機制。」

「沒錯。再怎麼干涉對世界沒有影響力的小人物，世界還是不會改變。要干涉足以改變世界的孩子，就會耗損資源。所以嘍，你是世界的希望！之後就拜託你了。」

白色房間逐漸瓦解。

女神真的只是召我過來見個面而已。

然而，我確實收到她的訊息了。

◇

這次我才醒了過來。

「少爺，請問你覺得身體如何？」

塔兒朵已經換上學生服，還擔心地望向我的臉。

這套衣服依舊十分適合塔兒朵。

「我們可是很擔心你喔。昨天看你一身破破爛爛地回來，然後就昏倒似的直接睡著了。我還怕你是不是死掉了。」

「因為我去跟艾波納打了一場模擬戰……勇者果然厲害。」

「當然啦。她是超乎常規的怪物，你應該最清楚這一點吧。」

「是啊，沒有錯。」

我檢查自己的身體。

大部分傷勢都靠【超回復】痊癒了。我的回復力是常人的一百幾十倍，換句話說，只要睡上半天便等於休養三個月。

有三個月時間，就算骨折也會痊癒。

在昨天的時間點，肋骨、右手腕及雙臂裂開的骨頭都已經完全康復，斷裂的肌肉與操勞受損的神經系統也都正常。

問題是……

「製作這玩意兒可花了我不少工夫。」

穿在衣服裡的防彈背心。

面對尋常的利器，都可以靠特殊護膜讓刀刃溜過而失效的抗斬擊性能。

至於抗衝擊性，則是以地中龍魔族的外膜裹住具彈力的凝膠，再加上負荷過大就會自行斷裂以緩衝外力的支架，連三噸卡車撞擊都撐得住的好貨色。

那被完全破壞了。雖說沒有這玩意兒，我連要保命都成問題，但想到要重新製作就難免喪氣。

「盧各，你冷靜聽我說喔。壞掉的還不只那件背心。」

「我們趁少爺睡覺的期間檢查過了。槍管變形了，護身襯衣也形同破布……連為防萬一而做的測試咒符也沒能逃過一劫。」

「……令人想逃避現實呢。」

雖說絕大多數的直擊都避開了，我還是被衝擊波震退好幾次，因此身上藏有的幾項裝備似乎全報銷了。

「我也會協助少爺修理的！」

「沒辦法嘍。我也一起來幫忙。」

「那我就接受這份好意吧。再說妳們倆的裝備也該重新打造了，趁這個機會正好。不只修復，還要進行改良。」

原本我就有運用前世的相關知識替她們製作裝備。

槍械自不用說，還包括防刃襯衣與特殊合金短刀。

想製作更強的裝備，比起革新技術更需要優良的材料。

所幸我一路打倒了好幾次名為魔族的怪物。

魔族的強大多是仰賴其肉體之堅韌，從中可以取得用材料工學無法說明卻優良得令人難以置信的素材。

打倒的魔族會化為藍色粒子消逝，但有些強大存在留有力量的殘骸會保留下來，而非隨之消滅。

以往打倒過的魔族，我都有將它們的身體加以回收保管。

「啊，那好像很有趣耶。」

「我也很期待少爺的手藝。」

她們倆似乎都興趣濃厚。

「那麼，我們今天稍微訓練就好，把時間用來打造裝備吧。」

我可以在上課時先琢磨要怎麼設計。

照今天的課表來看，就算分心抽空也能應付過去才對。

◇

放學後，我們大略做完訓練就來到工坊。

「我問你喔，盧各，為什麼一個學生能擁有自己的工坊呢？」

「哎，當中有許多理由。因為有必要，我就請校方幫忙安排了。」

這裡的校長是暗殺貴族的協力者，交涉得好便能替我開方便之門。

「目前看來……攻擊力難以說是足夠，不過總有辦法解決。我希望進一步加強防禦力。無論鍛鍊得再強，都還是有可能因為遭到突襲而當場斃命。」

「像我就尤其危險呢。魔法唱誦到一半，有時候還滿害怕的。」

具備魔力者很少會在戰鬥中使用魔法。

理由在於唱誦過程中將導致防禦力低落。

具備魔力者是強在他們可以靠魔力強化體能，以及提升防禦力。

光是一邊釋出魔力一邊勇猛殺敵，就能發揮以一擋百的戰力。

然而，所謂的魔法要畫出術式並灌注魔力才能發動。基於其特性，護體魔力在開始唱誦的階段就會消失，使得防禦力變得與常人相同。

完全不用魔法，單靠強化體能的方式作戰才是最穩健之選。這是具備魔力者信奉的教條。

我刻意不讓蒂雅那麼做，是因為她能發揮出超越教條的效益。將魔法納入戰鬥帶來的好處高過其風險。

「很難拿捏呢。分給強化體能的魔力較多，會讓魔法的威力劇減；分給魔法的魔力較多又會導致防禦變弱。」

「對呀對呀，塔兒朵說得沒錯，所以我其實是想穿鎧甲……可是，穿上去以後不強化體能就根本活動不了。」

防禦力高的裝備偏重。

這是這個世界的常識。

「盧各，你也幫我們製作那種在碎裂後會化解衝擊的襯衣嘛。」

「這比金屬鎧甲輕，但是對妳們倆來說還是太重了。所以，我要製作比鎧甲堅硬，又比衣服輕盈的襯衣……不，做成吊帶背心吧。這樣妳們平時也都能用，平日就穿在身上應該比較好。」

「啊，那樣我跟蒂雅小姐就可以在平時使用了。」

「我也覺得好像不錯。像昨天盧各說過的，我們還滿有可能遭到暗殺呢。」

想靠襯衣規格的輕薄衣飾兼顧抗斬擊與抗衝擊性並不容易。

不，要說是不可能也無妨。

除非有能夠忽視物理學的素材。

「所以，你要用什麼材料呢？」

「妳們還記得在聖都跟我們交手過的人偶師魔族嗎？」

「怎麼可能忘嘛。」

「對付起來相當棘手的敵人呢。」

「那個魔族在操控眾人時用的是念力之絲，但在強制支配強者時就會用物理性的絲線。然後，這就是它用的絲線。」

這種絲線在人偶師化成藍色粒子後仍殘留著。

我做了許多測試，發現這是強韌度與輕巧性都勝過奈米碳管的優秀素材。

在以前的實驗當中，要用數微米的細絲吊起五噸的重量也毫不驚險。令人難以置信的強韌度。

「欸，盧各，可以讓我摸摸看那種絲嗎？」

「好啊。」

「很輕耶。即使一次拿起這麼多，也感受不到重量。」

「蒂雅小姐，而且觸感也好好喔。」

「這還可以刺入體內，進而透過念力操控目標，因此魔力的傳導性也極優。只要把這織成吊帶背心，就會成為輕巧柔韌又能與魔法搭配的最佳防具。」

「真令人雀躍。」

蒂雅為之欣喜。

然而，塔兒朵卻臉色蒼白。

……被她發現了嗎？

「呃，請問，少爺是要用這織成背心嗎？」

「沒錯。」

「這跟毛線不同，用細得幾乎看不見的絲來織背心，光是想像就覺得有點恐怖了。不曉得要花幾年才能完成……」

「呃，再怎樣也不至於用手工編織。我打算製作紡織機。」

「不用買的而是自己做，好符合盧各的作風喔。」
「沒辦法。這種絲太強韌，靠市售品的話，機具會撐不住。」
如果用手工編織，連毛線圍巾都要花一個星期。而且絲越細，編織起來越花時間。細成這樣的絲得花十倍以上的時間，要做的又是比圍巾面積大的背心，天曉得會花幾年時間。
「這樣我就放心了。畢竟第一次親手替少爺織毛衣時，花了我一個月呢。」
「現在已經小得穿不下了，但我有把它收藏起來喔。」
「哪需要收藏呢，呃，少爺可以丟掉的。」
「我捨不得啊。裡面充滿了妳的心意。將來等小孩出生，就讓他穿吧。」
「小、小孩嗎……我跟少爺，生下的小孩，呵呵呵。」
明明是第一次織毛衣，卻織得不錯。正因為塔兒朵全程都相當細心又絲毫不省工，才能在第一次就交出那樣的成品吧。
雖然長大後就穿不下了，那依然是我的寶物。
「好好喔～～盧各，我都沒有為你做過什麼。」
「這是什麼話呢？妳早就給了我許多東西啊。」
「我倒沒有那樣的記憶耶。」
「蒂雅，妳跟我一起創造了許多魔法，那全都是我的寶物。正因為有妳在，我們才能創造出那些魔法，我要感激也感激不盡。」

蒂雅臉紅之後呵呵笑了出來。

「嗯，你要感謝我喔。雖然說，我自己喜歡魔法也是原因，但我也是為了你才研究這麼多的。」

「我知道。謝謝妳們……為了保護妳們的生命，我也得努力製作防具。」

我笑著以魔法製造出金屬。

材料用金屬就輕鬆了。

畢竟只要有設計圖，各項零件都定好尺寸與形狀，我照規格生產出來就行了。

由於這屬於單一成形的生產方式，製作不了太複雜的機具，但只要分成多種零件再組裝起來便能隨心所欲。

「這就是紡織機的設計圖吧，啊，原來你上課時是在畫這個。」

「畫得出這種東西的少爺好恐怖。」

拜前世的知識所賜。

身為暗殺者，我扮演過各種不同的人來接觸目標。為此需要吸收萬般知識。

話雖如此，紡織機的設計圖長什麼樣，我就實在不曉得了。我記得有在電影或某個地方看過它運作的影像，便從它的動作與需求功能倒推，將設計圖畫了出來。

「這些零件全部完成以後，要組合起來對吧。唔哇，零件的數量超過一百耶。」

「畢竟它的結構算是挺複雜。」

「少爺好厲害喔。為了製作背心，居然是從製作背心的機器開始做起，還要為此生產零件。」

「這並不是多稀奇的事。為了製作想要的東西，製作生產機器所需要的機器所需要的機器所需要的機器可說是司空見慣。」

「聽得我頭都痛了。」

這是工業存在的宿命。

無論如何，我們三個像這樣合力即可在今天之內完成紡織機，有紡織機的話只要花大約半天的時間就能製作出兩人份的背心。

我從未見過如此優美又透明度高的堅韌絲線。雖然要製作的是護具，編織完成以後應該也會是件精美絕倫的吊帶背心吧。

Episode12

第十二話 暗殺者贈與霓裳

The world's best assassin, to reincarnate in a different world aristocrat

紡織機完成後就沒有費太大的工夫了。

專門為了織兩件吊帶背心而製造紡織機，我本來也覺得不太合道理，然而這麼做是正確的。

眼前有兩件完成品。

她們倆都還在成長期，因此我將尺寸做得稍大。姑且不提蒂雅，塔兒朵仍在成長是令人畏懼的。

可以的話，我還想製作備用品，但是人偶師的絲已經剩下不多。考慮到往後的話，沒有撥作備用的餘裕。

「這好別緻喔，盧各。看起來感覺會透光耶。」

「……少爺，穿這個需要勇氣呢。」

蒂雅與塔兒朵看了完成的背心，臉頰都泛上紅暈。

「或許是因為人偶師把絲線用於偷襲，這種材質比較不容易用肉眼辨識……難怪織好以後會變成這樣。」

考量到絲本身是透明的，這項素材可就厲害了。

在我轉生前的世界也有透明背心，不過那是用極細的線來織出空隙多的布料，並非線或布本身呈現透明。

考慮到作為防具的性能，衣料織得毫無空隙卻依然顯得透明，表示即使在轉生前的世界也沒辦法製作這種衣服吧。

「盧各，這能不能染色？可以的話會更好看喔。」

「我也曾介意透明這一點，想染色卻發現什麼顏色都染不上去。」

我當著她們倆面前把紅色染料塗在背心上。然而，染料被彈開了。

儘管我拿了各種染料測試，不只用塗的，還試過浸泡或烙印等手法，可是不管用。

「是喔，那就沒辦法嘍。嗯，仔細想想，反正這是要穿在衣服底下的嘛。」

「呃，我是不要緊。但是從蒂雅小姐的情況來看——」

塔兒朵說到這裡，蒂雅的耳朵就變紅了。

「妳不要在盧各面前提那種事啦！」

「對、對不起。」

我大致察覺是怎麼一回事了。

吊帶背心原本就是穿在內衣外面的衣物。

塔兒朵發育好，需要穿胸罩；換成蒂雅只要穿背心就夠了。透明背心覆在肌膚之上，那可不得了。

「那個，怎麼說好呢？交代歐露娜的人幫忙找些尺寸小也一樣可愛的內衣好了。」

蒂雅並不是沒有胸部。

雖然發育緩慢，她還是有成長，感覺也差不多可以稱作B罩杯了。

不穿胸罩也是可以，但我認為有穿比較好。

找瑪荷幫忙物色幾件材質柔軟又舒適的款式吧。

「多管閒事。內衣我自己有！我只是覺得麻煩才沒穿。穿背心比較輕鬆嘛。」

蒂雅在魔法以外的地方有她意外邋遢的一面。

由於身為貴族千金，她在公開場合可以將神經繃緊到指尖，扮演一名完美的淑女，但是在私生活方面能輕鬆就會選擇輕鬆過。

用材質厚的背心直接包覆住肌膚，也很符合蒂雅的作風。

「我知道妳有，但是那材質不太好，尺寸也不合……說起來，妳似乎沒有注意到，妳的身體已經成長了。趁這個機會買些好貨色比較妥當。」

「咦，不會吧！真的嗎？」

因為這是敏感的話題，我戰戰兢兢地開了口，蒂雅卻當著我眼前揉起自己的胸部。

「聽你這麼一說，好像有耶……我原本早就認命的耶！盧各，還是替我買內衣吧。

之後我再告訴你尺寸。」

「蒂雅小姐好厲害喔。」

塔兒朵稱讚的應該不是胸部有成長，而是敢明目張膽地談這些吧。

「交給我吧。」

維科尼的血統就是發育緩慢，應該說不容易老。

我母親已經三十過半卻還顯得年輕，就是其血統所致；而蒂雅也有一樣的血統。

蒂雅就快迎接十七歲生日了，但肉體年齡頂多十四五歲吧。她大有可能繼續成長。

「另外呢——」

「怎樣？」

「之前你用來喬裝的假胸部，那個我也想要！」

「勸妳打消主意。一旦像那樣充門面，就會被迫充一輩子的門面。」

「那倒是令人討厭……」

蒂雅指的是塞了胸墊的胸罩。

之前在王都必須隱藏身分潛入宴會時，我為了改變外表給人的印象就準備了那樣的道具。

那是我親手製作的喬裝道具，因此品質足以讓蒂雅毫無突兀感地偽裝成大胸部。

穿上那玩意兒，應該就可以對旁人假裝自己是大胸部。可是，總不能聲稱胸部在某天就突然縮水了。一旦穿上，就得選擇穿一輩子或者蒙受被人發現胸部灌水的羞恥。某方面而言就像詛咒一樣。

「明白的話就死心吧。」

「盧各真小氣。」

「我倒不是在跟妳小氣……那麼，今天就談到這裡吧。麻煩妳們先回去。」

「盧各，你不回去嗎？」

「我優先處理妳們的裝備，結果壞掉的防彈背心還沒有修好。修完以後我就會回去宿舍。」

「盧各也穿吊帶背心就好了嘛。那樣比較輕鬆。」

「以我的情況來講，既然有體力，即使多少沉重一點還是會希望採用防禦力更高的裝備。」

單以抗斬擊性能而言，吊帶背心與防彈背心差不了多少，但是抗衝擊性能不管怎樣仍然要靠防彈背心才能令我滿意。

這是我的保命符。

我希望隨時都能穿在衣服底下。

如今我成了所謂的【聖人】，不只讓人欽羨，還會遭受嫉妒。假如沒辦法拉攏我加入自身派系，也會有貴族抱持乾脆將我除去的想法。

我不想死。

因為以人類身分活著的我已非道具，還總算掌握到了幸福。

「我可以幫忙啊……雖然我想這麼說，可是反而會干擾到你呢。嗯，我跟塔兒朵先回去了。」

「我會準備宵夜等少爺回來的。」

她們倆將吊帶背心抱在胸口，回宿舍去了。

假如她們都肯穿那東西，多少就可以安心一點。

我並不是忘了自己的份才埋頭替她們製作吊帶背心。

她們倆遇襲的可能性比我還高。

要逼迫強大的對手屈服，挑對手身邊的人下手才是常道。

所以，她們倆的裝備優先於我。

無論是何時的世界，真正可怕的都是潛伏於日常中的人類惡意。

「那麼，再來努力一番吧。」

改良方案早就構思完畢。

試著把人偶師之絲也用在防彈背心上吧。

◇

我一不小心就太過投入，回到宿舍時已經是深夜了。

這時間她們應該早就入睡。

明明如此……

「盧各少爺，歡迎回來。」

「哎喲，你好晚喔。」

她們倆正在等我。

她們都換上了連身裙造型的睡衣，料子輕盈寬鬆的款式。

那是在穆爾鐸買的，最近正流行。穿起來舒適又不會太貼身，據說有助於睡眠。

「妳們明明可以先睡的。」

「總覺得那樣對你不好意思啊……還有，你看這個。雖然我沒辦法協助你製作防具，但是你在努力奮鬥，我怎麼能只顧著玩。我為你創造了新魔法喔。」

我從蒂雅那裡接過寫著術式的紙。

逐句讀出內容。

「……原來如此。蒂雅，這很有意思。妳自己想到這個主意的嗎？」

「總是只被你嚇到的話，我身為天才的名號都要哭泣了嘛。」

蒂雅哼了哼聲。

嚇了我一跳，真的。

轉生過的我也就罷了，沒想到住在這個世界的蒂雅居然能構思出這種魔法。

這並非方便的魔法，可用之處有限。然而，運用得當就會成為在陷入絕境時將情勢逆轉的一招。

「少爺，我做不出那樣的東西。因此我比平時更努力打掃，還做了宵夜。」

「謝謝妳。腦袋操勞過後，我正希望能吃點甜食。」

這次的改良很難產。

腦部正在希求葡萄糖。

我拿起塔兒朵烤的杯子蛋糕就口。甜度一如往常合乎我的喜好。

而且考量到這是宵夜，她還用了豆漿代替牛奶來減輕負擔。

廚藝比塔兒朵好的人多得是。只比做菜的話，連我都比塔兒朵高明。

但是，沒有人比塔兒朵更懂我的喜好。

她比我更懂我的喜好。畢竟塔兒朵至今做過的料理，肯定都是為了我做的。

「另外呢，我們還有一項謝禮要給你喔。」

「呃，蒂雅小姐，真的要這麼做嗎？假如能讓少爺高興，我就會努力表現喔。」

「不會錯的啦。別看盧各這樣，他還滿好色的呢。屬於悶騷的類型。」

「說得可真是過分。」

我對無法否認的自己感到害怕。

活得像個人是我在轉生後的目標。

所以，我只是多少坦然順從了內心偶爾會冒出的欲求。

「……既然少爺會開心，那麼，嘿！」

她們倆脫掉了連身裙造型的睡衣。

於是，隱藏在底下的內衣就見光了。不，只是能隔著透明輕盈的吊帶背心看見而已。剛剛才完成的那兩件防具已經被她們穿起來了。

塔兒朵的內衣屬於樸素款；蒂雅的則作工精緻，還能將胸部稍微集中托高。

蒂雅那件是第一次看到。從設計來看，感覺平常沒辦法穿。要是不格外細心清洗，應該就會報銷。換句話說，那是設計給非平日場合穿的內衣。

很難想像蒂雅會有這樣的衣物……我猜大概是母親替她做的安排。

「怎麼樣？我想讓你看看這穿起來的模樣，可愛吧。」

「嗚嗚嗚，真不好意思。」

「……不可思議，隔著透明的吊帶背心，感覺比單純只穿內衣更煽情。」

「少爺，請不要冷靜地分析！」

之前我只有考慮到它作為防具的性能，但是這不錯。

有種來自本能的情緒正在提出訴求。

「謝謝妳們。我把疲倦都抛到腦後了。」

「哦～～你想說的就這樣？」

「……不，我也是男人，內心有情慾。坦白講，我是有那種念頭，不過時間已經晚了，再說三個人都在場時，邀妳上床應該不禮貌吧。」

這副肉體年輕有力。而且，蒂雅與塔兒朵都是我可愛的未婚妻。看她們這副模樣，我難免會產生遐思。

但就算這樣，三個人都在場時只邀其中一方未免失禮，帶兩個人一起上床則會惹來哪個臭傢伙在開後宮的非議。

「不然，就由我邀你嘍。你不喜歡嗎？」

「我沒有不喜歡，倒不如說很高興。」

「去我的房間吧。」

「啊哇哇哇哇。」

塔兒朵慌亂起來。

蒂雅對這樣的塔兒朵投以笑容。

「塔兒朵，妳不主動說自己想要的話，盧各就會像這樣永遠被我獨占喔。只用說的好像也沒辦法讓妳懂，所以我往後都會這樣欺負妳。」

蒂雅說著便拉起我的手。

我露出苦笑。

真是個好姊姊。

要讓塔兒朵改掉消極的毛病，就必須下這種程度的猛藥。

塔兒朵露出像是玩具被人搶走的小孩臉孔，我則拋下她走向蒂雅的房間。

好久沒有跟蒂雅相愛了。

Episode13

第十三話
暗殺者追查朋友的行蹤

The world's best assassin, to reincarnate in a different world aristocrat

今天是假日，學園沒有課。

可以自由運用時間，我便在自己房裡分析用情報網調查諾伊修取得的蛛絲馬跡。

用盡手段也要掌握諾伊修的下落。

身為四大公爵家子嗣的諾伊修失蹤，已經造成了騷動。以往他也有消失過。

然而，諾伊修之前都有善加安排以免造成騷動，這次連那些措施都沒有。換句話說，他無意回去了。

「希望洛馬林家那邊能有些情報……」

而且妮曼聽了我的忠告，也在運用洛馬林家的諜報部搜索諾伊修。

這項任務也已經出動我父親去執行了。國內數一數二的暗殺者——沒有人比我父親更能勝任。

分析作業告一段落之後，信鴿飛來了。

「父親寄來的信嗎？」

圖哈德家飼育的特殊品種。

飛得比普通信鴿快，體質強健耐勞。

我收下信，並且解讀以暗語書寫的內容。

「……真聳動的一封信。」

父親寄過來的信猶若遺書。

當中提到了對圖哈德男爵家重要的文件保管於何處，還有我要正式繼承家業所需的文件都已蓋章。

也有記載以往父親不肯告訴我的圖哈德家祕辛典籍收藏地。

此外還寫了接手領主業務所需的要件。

父親更交代自己若不在世，母親與應會出生的妹妹就拜託我照料了。

然後……

「沒想到我那父親也會逗這種樂子……不，他大概沒在開玩笑，而是認真的。」

信裡寫到在自己死後，萬一母親有意再婚，我務必要以兒子的立場情緒化地反對，並且確切而冷靜地予以阻擾。

一般應該是要為母親設想，讓她幸福地度過剩餘的人生才對吧？我並非沒有這麼想過，但我父親對母親的用情之深，應該就是到死後仍想獨占她。

想像蒂雅再婚的情境也會讓我心頭苦悶。

「寄這種信過來……難道父親體認到這次任務需要如此的覺悟？」

製造契機讓王室發出委託的人是我。

若有萬一，我誓要履行這封遺書交代的內容。

關於母親再婚的問題，就不需要我多費事了。以個性來想，我母親絕不可能在父親死後再婚。

情報分析完畢。

「不行，這樣還是不足以掌握諾伊修的下落。不過，只有一點讓我感到在意。派到凱菲斯領的諜報員文體是不是有些改變？」

透過通訊網進行即時聯絡之際，採用的是由各地諜報員誦讀報告書並加以錄音，再由我一併聽取的方式。

聲音無疑是我派到凱菲斯領的諜報員本人。可是，誦讀的報告書文體、遣詞方式，這些部分讓人感到不對勁。

……聽起來簡直像在誦讀別人準備好的報告書內容。

我信任那些諜報員。然而，我時時都有考慮到他們落入敵方手中的可能性。

正因如此，我才記住了他們所有人的嗓音以及寫文章的習慣。

（凱菲斯領是諾伊修的老家，諜報員在那裡狀況有異。把這當成偶然才叫糊塗。）

倘若諜報員被蛇魔族的手下逮住了，還被迫誦讀對方製作的報告書呢？

（那些諜報員身上都有通訊機的子機，但是並沒有得知母機所在地……通訊網不會因而瓦解。不過，往後在通訊網流通的情報，尤其是公開頻道的內容，都應該當成敵方也會聽見。）

要跑一趟凱菲斯領嗎？

不，先取得情報再行動。

凱菲斯領是最該警戒的地方。妮曼也明白這一點。

換句話說，應該會有以洛馬林公爵家的力量徹查過的情報。

◇

我去拜訪了妮曼。移動到位於中庭的露臺後，她便向我奉茶。

由於彼此都住在資優生宿舍，只要有意隨時能見面。

日前雅蘭．嘉露菈的人身安全總算獲得了保障，妮曼才得以卸下護衛之職，回到學園。

「哎呀呀，盧各大人居然會來拜訪。明明天色還這麼亮，卻要找我幽會？」

「現在不是說笑的時候了……使用通訊網的諜報員在凱菲斯領被逮，還受到了敵方操控。」

「……哦，應該出了什麼狀況吧。」

「凱菲斯領發生什麼事了？把妳知道的告訴我。」

「情報是有。不過，我沒有無償告訴你的道理。」

「我懷疑諜報員的情資是從洛馬林家外洩的。」

「有可能。不過，並沒有確切的證據吧？」

經過交易，我承諾過要讓洛馬林公爵使用通訊網。為此我把可以跟通訊網連線的諜報員情資都交給洛馬林家了。

「沒錯，但……我方諜報員狀況有異的情報應該有相當的價值才對。我希望得到相應的對價。」

「這話有理，我可以認同。那麼，該從哪裡說起好呢？在凱菲斯領，有名的騎士正接連失蹤。最先消失的，是凱菲斯公爵家的那些近衛騎士。在四大公爵家聘用的騎士當中屬於菁英中的精英，個個都是以一擋百的強者。如果撇開我們洛馬林公爵家不談，含鄰近諸國在內可謂最強的騎士團，其核心成員就這麼消失了。」

凱菲斯公爵家的近衛騎士身手高強，彼此若持劍一對一決鬥，連我都會陷入苦戰。在亞爾班王國占三大騎士團之一角。

「……這麼大的事情都沒有傳到我耳裡，應該想成諜報員是在相當早的階段就已經受敵方操控成為傀儡了吧。」

「不會錯。而且，我們洛馬林公爵家之所以能得知此事，也是因為昨天接到了來自祈安．圖哈德的報告。」

「不可能吧。洛馬林公爵的諜報員也在那座城市才對。有這麼重要的情報，早就該立刻放出信鴿報訊。」

「是的，理應如此。我們派的諜報員同樣成了敵方的傀儡。呵呵呵，真有一手。竟能讓洛馬林家受到這等愚弄。」

天大的消息。

我方諜報員被敵人逮住固然茲事體大，卻十分有可能發生。有通訊網能用是一項過人的優勢，然而人手原本就只是從崇拜我的騎士當中採用了能力足可勝任者，以諜報員而言難稱作一流。

然而，洛馬林公爵家的諜報員不同，具素質者受了專門的高等訓練，達到一等一的水準。難以想像那種一等一的人員會被逮住。

「洛馬林家自豪的精銳中之精銳，應該派出了多名成員。他們會連同伴被逮的消息都來不及報告就遭到一網打盡？不僅沒有自盡，還聽命於敵方放出錯誤情報？我沒辦法相信。妳那項情報沒搞錯嗎？」

「是啊，我懷疑過自己的耳朵，不過遺憾的是已經得到佐證了。雖然剛才我曾那樣回話，但是萬分抱歉，從狀況與你那些諜報員失能的時間點來想，情報會是從吾家流出的。」

連低頭賠罪都身段優雅。

……看來事態比我所想的還要糟糕幾分。

「凱菲斯領透過某人之手，已經完全失陷了。侵略在情報全面受控的局面下結束。現在的狀況可不是凱菲斯領有人類大敵潛伏那麼簡單，應該想成凱菲斯領本身已經成了敵方的傀儡，要即刻──」

話說到這裡，察覺現場有動靜的我與妮曼站起身，以全副魔力強化全身，各自把手伸向自己的武器。

「唔呵呵呵呵，兩位果真厲害，不愧是那孩子嫉妒的對象。真希望得到你們，我想將兩位當成收藏品豢養至死。」

現身的是一名妖豔女子。

有褐色肌膚，眼睛像蛇一樣呈現豎瞳。

其真面目為蛇魔族米娜。

與我結盟的對象，同時也是愛好人類文化的魔族。

「……妳不再披人皮活動了嗎？」

她假扮成人類貴族，混入了貴族社會。

因此待在人類的城市時都會以人樣現身。

然而，此刻的她並未隱藏蛇眼，連蛇尾巴也露了出來，更重要的是一身過人力量都毫不吝惜地顯露在外。

聲稱自己不適合戰鬥是什麼鬼話？

她比我對付過的任何魔族都強。

「因為已經沒有那樣的必要了嘛。你們的推測正確無誤。我會利用那一點，將這個國家納為己有。」

「妳是指竊據凱菲斯領？所以那些失蹤的騎士都已經變成蛇人了嗎？」

「呵呵呵呵，接下來才是重點。諾伊修會率領我可愛的孩子們，陸續侵略其他貴族的領地。區區人類應該無可奈何吧？」

在這個國家，唯一有能力向洛馬林公爵尋釁的就是凱菲斯公爵家的精銳人員，假如他們成為蛇魔族而獲得更進一步的實力，要將這個國家全部納入手裡是有可能的。

「妳不是要享受人類的文化？」

「哎呀，征服世界後一樣能盡情享受啊。畢竟我會成為魔王。之前已經說過吧，我要的是征服而非殲滅。只要人類投降，我就不會做出過度的殺戮與破壞。」

看來狀況有了變化。蛇魔族的戰鬥力遜於其他魔族，正因如此，她才一直讓我擊潰競爭對手。除了蛇魔族之外，仍有別的魔族殘留。即使這樣，當下已經發生了讓她判斷可以與我切割的某種事態。

「妳是來告訴我這一點的？」

「是啊，雖然到今天就終結了，我們還是有過結盟的關係，我得盡到道義。感謝你以往替我打倒了礙事的魔族（同事），辛苦你了。」

「別客氣。」

我一邊微笑一邊準備殺她。

只要趁當下收拾對方，就能把損害控制在最低限度。

然而，為了避免妮曼起戒心，我只帶了最起碼的裝備過來。何況蒂雅根本就不在這裡。

由我獨自用【誅討魔族】命中目標並造成致命傷的可能性微乎其微。

「另外呢，我還有一件事情要辦。那個可愛又傻氣的孩子提出了請求，所以我想幫他一個忙。」

蛇魔族米娜的身影隨之消失。

那並非高速移動，所有動靜都消失了，儼然是瞬間移動。對方再次現身是在妮曼的面前。那恐怕是某種能力。

米娜把手湊在妮曼的下巴，抬起她的臉。

「呵呵呵，那孩子居然囂張得跟我談條件……唯獨要我別殺妳。漂亮的女孩，感覺妳很值得欺負呢。」

妮曼一語不發地使出高踢。

精湛的一招，哪怕是對付百經鍛鍊的騎士，威力也足以令頸骨斷裂。

米娜輕易抓住了那一腿。

「哎呀呀，女孩子把腳抬得這麼高，沒教養……雖然我約好了不會傷害妳。反正是正當防衛，不得已的嘛。」

「嘎啊！」

腿被抓住的妮曼以此為軸心使出追擊，米娜則在中招前將她拋摔出去。

妮曼的身體陷入磚牆，就此昏厥。

「……有這種能耐，難道說，妳已經成了魔王？」

「呵呵、呵呵呵呵。大錯特錯。我只是獲得了養分。是你幫我回收的。」

「妳該不會吞了【生命果實】？」

「雖然你藏得相當用心，好像還加了封印。沒用的，那怎麼可能瞞得過我呢？畢竟聽命於我的不只魔物，全世界的蛇都是我的觸角。你是暗殺者，對吧？以人類而言算是上進，卻不可能贏過蛇。蛇生來就是暗殺者喔。」

蛇這種生物確實可稱為天生的暗殺者。

牠不依賴視力，而是用頰窩器官感應到的熱來觀察這世界。紅外線熱成像。再怎麼擅於隱藏動靜的生物，都無法抹消自己的熱度。

而且爬行這種動作比步行更不容易發出聲音，極低的視線則適於藏匿蹤跡。

環境適應能力高，在任何地方都能棲息。假如米娜說能透過蛇放眼世界真有其事，應該就不可能瞞過她的眼睛。

「妳能成為冒牌魔王還真是喜事。不過，成為魔王至少需要三顆【生命果實】吧？另外兩顆有著落嗎？」

一顆就讓米娜蛻變得如此超凡。

假如她有成為魔王的意志，只能趁現在將她擊潰。

「是啊，第二顆快要可以採收了，那孩子率領騎士用自己的領民們在為我栽培。第三顆也用不了多久。呵呵、呵呵呵呵呵。」

……難以置信。

我遲早也會治理圖哈德家的領地，因此我明白所謂領主的氣概。

領主應當保護民眾，卻獻出了自己的領民？

那種事不會受到允許。

儘管內心混亂，身體仍為了排除敵人而有所動作。

我拔出手槍，三發點放。

可是，子彈悉數遭到彈開。

我想起日前與艾波納交手時的狀況。皮膚感受到的威脅足以與其匹敵。

「唉，真過分。我明明就沒有打算跟你動手。不殺那邊的漂亮女孩固然是出於那個孩子的任性，至今你也幫了這麼多忙，所以我並不想殺你喔。何況，你不覺得我們往後也能相處融洽嗎？」

「……妳從一開始就打算在獲得力量後背叛吧，還跟我假惺惺。」

「彼此彼此啊，不是嗎？」

沒錯。

錯在我被她搶得了先機。

「那麼，我把事情都交代完嘍。這是忠告，不想死的話，就別來壞我的好事。只要你不出手，我可以放你一條生路。逃吧，不停地逃。那樣你就可以免於喪命。」

「要是我出手呢？」

「到時候我會逮住你，然後把你當寵物來養。兩個人一起。感覺你會成為遠比她精美的玩具。」

蛇魔族米娜消失蹤影。

事態嚴重了。

然而，並沒有陷入死局。

誰要逃啊。現在逃跑的話，這個國家就會受其支配，我的圖哈德領也不例外。

Episode14

第十四話 暗殺者潛入

The world's best assassin, to reincarnate in a different world aristocrat

我替妮曼治療，並讓她躺下。

骨頭斷裂，有幾處內臟也受了創傷，所幸並無生命威脅。

米娜要殺她應該就能得手，之所以刻意沒那麼做，大概是因為米娜想遵守跟諾伊修的約定。

而她醒來了。

「……我還活著，是吧。」

「對方饒了妳一命。要感謝諾伊修。」

「哪有什麼感不感謝，現今局面全是那個傻瓜招來的。」

蛇魔族能掌控凱菲斯領，無疑是有諾伊修居中牽線。

「我們得盡快設法。」

「是啊，盧各大人。絕對不能讓對方栽培出第二顆【生命果實】。一旦完成採收，她立刻就會侵略其他領地，栽培出第三顆。」

「……怎麼，原來妳有意識？」

「一直到那名魔族離去的瞬間，我都拚命讓自己保有意識。」

「這樣啊。」

「短期內我無法上陣作戰。」

「我想也是。」

米娜雖然也有手下留情，但妮曼靠著驚人的反射神經將傷害壓抑到最低。即使如此，她這副身軀仍無法正常戰鬥。

「萬分抱歉，不過能否容我向盧各大人請託？」

「視內容而定。」

「請你殺了那孩子。除此之外，已經沒有方法可以救他了。即使情報管控與操作做得再完美，一旦他開始大量屠殺領民就無法包庇了。在戰場了結他的性命會是他最大的幸福。」

「我想也是。」

「貴族的心願正是保護領民，殺害領民之罪是他用己身性命也償還不了的。」

諾伊修成了亞爾班王國的人類大敵。

就算諾伊修自此與蛇魔族斷絕關係，也已經晚了。

諾伊修不可能再以人類的身分活下去。

我能為那傢伙做的就只有殺了他。

「妮曼，妳明白諾伊修為什麼會做這種事嗎？」

「大致能了解。他從以前就會擅自把自卑感累積在心裡，誰教他就是那樣的人呢。如果遇見那個傻瓜，有句話希望你能幫忙轉達。」

妮曼卸下了身為完美之人的面具，而是帶著一名姊姊在思念弟弟的表情，將想法編織成句。

「我跟妳約定，一定把話帶到。」

「情況允許再說吧。不值得為此浪費掉暗殺的機會，希望你別誤判局面。」

我們圖哈德家的本行是暗殺。

暗殺的理想是在被對方發現前就給予致命一擊，傳話並非暗殺者適合接的委託。因為當達成傳話時，暗殺便已經失敗。

「我正是這麼打算。」

「不愧是盧各大人。原本非得經由請王室發出委託的手續，但由於事態緊急，請容我簡化程序。」

妮曼變回與洛馬林公爵家千金相符的表情。

「我謹在此代替王室，以四大公爵家之一的洛馬林公爵家之名，向暗殺貴族圖哈德下令。速將危害國家的病灶諾伊修・凱菲斯從亞爾班王國切除。」

這是向暗殺貴族圖哈德委託暗殺之際的固定句。
意在表達為我國利益採取必要之殺戮。
「諾伊修・凱菲斯已經被認定為亞爾班王國的病灶。賭上暗殺貴族圖哈德的榮譽，我會為國家切除病灶。」
再者，我並非單純奉命行事，而是靠自己的眼睛、耳朵、頭腦，理解到那是有益於亞爾班王國的行動才接受委託。
這才是暗殺貴族圖哈德。
既然話已出口，便不容退縮。
從圖哈德家成為暗殺貴族算起，這句話已被用上幾千幾百次。
而且，就連一次也沒有食言。

◇

後來我立刻與洛馬林公爵取得聯繫，轉達了妮曼負傷的消息與事情經過。
洛馬林公爵並沒有遲疑。他放出信鴿，向全國通知凱菲斯領落入了魔族手中，以及諾伊修出賣靈魂居中牽線之事。
國內已無諾伊修的容身之處。

而且，我正式以【聖騎士】身分接到了任務。要我誅殺諾伊修。

（蒂雅與塔兒朵不在，居然會讓我感到孤單。）

這次的任務只由我一個人執行。

蒂雅與塔兒朵被我留在學園。

理由是這次的任務要潛入凱菲斯領，在目前敵方眾多的戰場上暗殺諾伊修。由於戰力相差太多，被發現就會敗事。既然是以不被發現為重，由我一個人前去才比較方便行事。

另外，這次預估並不會與魔族戰鬥，就沒必要使用蒂雅創出的魔法【誅討魔族】。不能用醒目的滑翔翼，因此我在連月光都沒有的夜路上疾奔。距凱菲斯領已經相當接近。

（沒想到這次竟然要用勇者當誘餌。）

艾波納於這次作戰的角色是誘餌。

她會從正面與敵方交鋒，大舉對付那些淪為蛇怪的騎士，進而將蛇魔族米娜拖出來互鬥。

儘管稱作誘餌，還是看得出凱菲斯公爵家作為頂級戰力的那些騎士要靠她加以削減的作戰意圖。

如果能直接誘出諾伊修並宰掉也無妨，而即使艾波納無法打倒敵人也能爭取到時間，讓我趁機找出諾伊修再殺了他。

（……話說回來，真虧中央的那群狸貓會答應出動艾波納。）

以往艾波納都被綁在王都。

魔族為了栽培【生命果實】，會找人口多的都市下手，王都很危險。因此住在王都的權貴為了保護自己的性命，便希望時時將勇者留在手邊。

（現在也由不得他們那麼說了吧。）

凱菲斯領離王都也很近，這一帶多是高階貴族治理的領地。

國內最強的武裝集團透過魔族得到了強化。這樣的兵力一旦開始作亂，無論是誰都擋不住。

若要將其擋下，連勇者這張珍藏的王牌都得打出。

令人驚訝的是，這項作戰只靠我與艾波納執行。

執行速度至上的奇襲，這樣做是最好的。其他人跟不上我們的腳步，要配合他人而讓作戰延宕的話，在凱菲斯領的虐殺落幕之後，【生命果實】便會栽培完成。

◇

我從高地用自製望遠鏡窺探位於凱菲斯領中心的大都市蓋爾的現狀。

「一片悽慘啊。」

騎士們身上出現了蛇人會有的明顯特徵，正四處作亂殺害自己應該保護的領民。

而且遇害的領民靈魂受困於當地，還被集中到一處進行提煉。

【生命果實】的栽培過程，將人類靈魂聚集捆束並揉合成形。

所需的靈魂數量約為一萬。

我只有概略計算，遇害者已經超過三千人。殺害逃竄的民眾似乎需時費事。

考量到這一點，虐殺應該是在幾小時前才開始的。

（乾脆讓那些騎士全部喪命還比較省事。）

若要那麼做，我早用低消耗高威力的【神槍】進行地毯式轟炸了。

【神槍】是反重力魔法，可以讓長槍飛升至高度數千公里再轟向地表。

其威力為大口徑戰車砲的四百倍。

正因為它是利用重力的魔法才能有如此威力，消耗的魔力又少得驚人。

假如消滅一座城市是被容許的，只要發射幾十次【神槍】就可以將蛇人滅絕。

沒有比這更具效率又安全的方法。

（目前城裡仍有一萬以上的民眾，何況父親恐怕也在其中。）

即使說效率良好，要將逾萬人還有父親連同敵方一起殺害，這種事我辦不到。

換成前世的我，大概就動手了吧。

比較過利弊，是應該動手才對。

潛入充斥無數魔物與蛇人的城市誅殺諾伊修，根本是特技等級的把戲，成功率不會多高。

我失敗的話，城裡所有人終究得死。

假如殺光那座城的人就能確實拯救這個國家，權衡利弊的天平將會傾向屠城那邊。

然而——

（盧各．圖哈德不會選擇那麼做。）

天真。

有違合理性。

即使如此，我仍會依循自己的心選擇最佳之道。

因為這才是今生的我。

◇

要進入展開大虐殺而呈現混亂狀態的城市本身很容易。

服裝選了一般居民的款式，再用易容面具換上別人的臉，並且將釋出的魔力壓抑至極限。

凱菲斯領成了地獄。

遠遠觀察時就已經像是地獄，進城後感覺更是悽慘。

應要守護城市與領民的騎士們正在四處殺害民眾。

理當環住城市斥退來敵的外牆變成了防止民眾逃脫的牢籠。

仔細一看，會發現騎士們也分成許多種類。

有的從脖子以上是蛇頭；有的全身長著鱗片；有的乍看像常人卻只有舌頭像蛇。

在行為方面，有人興高采烈地展開虐殺；有人一邊流淚道歉一邊動手；有人像傀儡一樣毫無感情地不停殺害民眾；有人的感情與行動並不一致。

……或許這些差異都是可乘之機。

思索著這些的我又深入觀察那些騎士，並且沿路來到指揮處。

（即使陷入這種狀態，他們仍是騎士，同時也是井然有序的軍人啊。）

這樣就好辦了。

所謂的騎士，有其完整的命令體系。

首先是以四人為基本單位的小隊，然後是統率那些小隊的中隊，再上去的編制則是大隊，命令都是由上到下傳遞。

所以舉例來講，只要詳加觀察小隊，就能看出誰是發號施令的小隊長。

觀察那名小隊長，就能看出是誰在對那傢伙下達指示，該名人物即為中隊長。由此還能不斷往上循跡辨認。

而位於頂點的，就是諾伊修。

目前凱菲斯領的支配者固然是蛇魔族米娜，但軍方成員非得由諾伊修來指揮。

（連底層人員都訓練有素，確實地遵守紀律。正因如此才好對付。）

騎士們的特質會依領地而異。

若是素質低落的騎士，高層幾乎都放任不管，只會在作戰前下達粗略的命令，剩下就交給現場人員自行判斷……像這樣的生態並不稀奇。

那種騎士都很弱，越有紀律的騎士越是棘手，唯獨這次卻因為易於辨識而讓我省事不少。

我用這種方式混在逃竄的民眾當中，循跡摸索對方的指揮系統。

（就快要捉到諾伊修的尾巴了……不對，怎麼回事，東方有股荒唐的魔力！）

巨響，大地隨即搖晃。

望向能感受到莫大魔力的東方，會發現外牆消失了一大片。

被關在城內的民眾原本只能四處逃竄，如今紛紛想往城外逃。騎士們以組織性的行動想擋住民眾去路卻未能如願，還被一道黃金色疾風橫掃而過。

「大家放心吧。有我勇者艾波納來到這裡，就不會允許他們像這樣胡作非為！」

艾波納登場。

……比預料中來得快呢。

抵達時刻跟半路上用滑翔翼抄過捷徑的我只差了一小時左右。

勇者的登場讓民眾產生希望。他們流下感激的眼淚、就地祈禱，並且為勇者打氣。

完全是勇者風範。

而勇者正陸續驅逐那些變成蛇之魔物的騎士。

形勢太過一面倒。

當中甚至有實力與我同級的騎士，卻完全不是對手。

這正是勇者，破格怪物的力量。

與我的模擬戰似乎還不是她的全力。

這樣的艾波納卻遭到震退。

我有些吃驚。

現身的並非諾伊修，而是蛇魔族米娜。

「勇者大人，您來得真早。我的玩具再繼續被弄壞的話，那可就困擾了。請讓我當您的對手。」

「妳就是頭頭吧。我會打倒妳。」

強大的力量與力量衝突。

令人欣喜的失算。

有艾波納幫忙吸引最糟的敵人蛇魔族米娜的注意。

趁這段期間，我一定要完成自己的工作。

沒錯，身為朋友，我要暗殺成為人類大敵的諾伊修·凱菲斯。

Episode15

第十五話　暗殺者追趕朋友

The world's best assassin, to reincarnate in a different world aristocrat

勇者艾波納與蛇魔族米娜戰況壯烈。

不同次元的戰鬥。單從聲音與光就令人感受到末日將近。

……這一代的勇者因為經驗不足而沒有成長——眼前的景象不免讓我懷疑這話到底是在開什麼玩笑。

（艾波納說過自己變弱了，卻還是這麼善戰啊。照這樣看來，我不需要從旁協助。有我在反而會礙事。）

聲音越來越遠。

她們正逐漸遠離城市。

之前的艾波納解放力量後，就會激動得看不清大局，令破壞四處蔓延，不分敵我地展開蹂躪。

明明如此，艾波納現在卻有餘裕顧及城裡，避免損害擴大。

她應該也付出了屬於她的努力吧。

為了完成本身的職責，我循跡探查敵方的命令體系，就在中途發現了某樣東西。

（是父親的暗號。）

雖說圖哈德家原則上都是以少數精銳來執行任務，視情況也會有聯手進行的時候。

民宅的牆上有一道看起來只像是自然造成的傷痕。

那是為了在當地祕密取得聯絡的暗號。

當中的含意是要跟我會合，那同時也指示了下一個目的地，只要依序循跡前進，遲早會抵達父親等待的場所。

（別做錯選擇。）

假如在這裡停止追查命令體系，並且照暗號指示跟父親會合，之後又必須重新循跡追蹤敵方的命令體系。

我不認為勇者艾波納會戰敗。

可是，總不能在這裡浪費時間。

我做出決斷。

（跟父親會合是第一要務。）

圖哈德的當家，祈安．圖哈德。在我出現以前，被譽為歷代最強圖哈德的男人。

這樣的父親不可能不明白在這種狀況下剝奪我的時間有何種意義。

即使如此，他仍命令我過去會合。

無非是因為父親已經得知我不曉得的某種內情，而且我不知情的話，就會因此鑄下致命大錯。

我做出這個決斷，是根據對父親的信賴。

◇

依循好幾處暗號，我來到了貧民區的廢墟。

用圖哈德家的方式敲門。

敲聲音的方式與間隔有訣竅，聽起來像是不經意地敲門，而那不只可以分辨來者是敵是友，還能表達自身的現況。

從屋裡傳出了聲音。回應的內容是叫我進去。

我確認誰都沒有看見。不只是人，蛇也包括在內。

屋裡有三個人。

第一個當然是我父親，第二個是留著漂亮鬍鬚且滿身肌肉的壯年男子，第三個則是淪為蛇之魔物的騎士屍體。

「虧你能來到這裡，盧各。」

「爸，幸好你平安……這麼說似乎並不貼切。」

父親已經失去了慣用臂。

有肉烤焦的味道。

恐怕是因為時間緊迫，他硬是用火烤了傷口來止血。那樣就算被砍斷的手臂有保存下來，也無法再接回去。

「我忘了自己專門殺人，並不擅長救援與護衛，落得這副模樣。」

即使處在這種狀態，父親仍一如往常從容地笑了笑。

與父親呈對比的則是那個恐慌、畏縮、顯得渺小的壯年男子。

我認得他。

「沒想到，你還能保有人類之身……凱菲斯公爵。」

諾伊修的父親，這塊領地的支配者。

我在會議上跟他見過一次面。

從蛇魔族米娜的立場來想，是應該要最先改造成蛇人並納為傀儡的對象。

「為什麼，為什麼，事情會變成這樣？嗚嗚嗚嗚，諾伊修，即使混了下人的血統，我還是認同有這個兒子，明明我都肯忍受了，嗚嗚嗚嗚。」

他抱著頭，語無倫次地咒罵諾伊修。

父親開口代替他說明他仍保有人類之身的理由。

「改造成蛇人，難免會出現蛇的特徵。貴為公爵，要處理的外務就多。蛇魔族米娜與諾伊修決定於今天展開這場屠殺前，一直都是暗中行動。凱菲斯公爵受到脅迫，始終對外聲稱凱菲斯領沒有任何異狀，依舊保持著和平。」

原來如此，對外的交涉人員非得是人類才行。

正因為這樣，凱菲斯公爵才保有人類之身，並受到脅迫利用。

「蛇魔族的手，究竟是什麼時候伸進這座城市的？」

「精確日期不得而知，但起碼是在超過一個月之前。人員從中樞慢慢受到了汙染。因為諾伊修反叛了，根本無從防範。況且你與雅蘭教發牛的相關風波，對於外界也有極佳的障眼效果。」

頗有計畫性的罪行。

……如此大膽地行動，竟然還能瞞過我的情報網與洛馬林家的諜報部隊。

或許我太低估諾伊修這個男人了。

「然後呢，爸，你總不會是為了救那個男人才叫我來的吧？」

「令人寒心。我看起來有那麼糊塗嗎？這個男人的命已經沒多少價值了。」

凱菲斯公爵露出詫異的表情。

沒錯，管他是不是公爵，事到如今，這傢伙落得什麼下場都無所謂。

他說的話對淪為蛇人的那些騎士不具意義，也早就失去了民眾的信賴，既沒有傳聲效用，更無法發出命令。

頂多只能讓他在一切結束後擔起責任，盡到示眾的用途。

「盧各，儘管你應該正在執行任務，我之所以會把你叫來這裡，是因為有消息必須通知你。目前，勇者艾波納得以跟蛇魔族交戰，還有凱菲斯領發生的大虐殺，其實都是誘餌。」

「……原來是這麼回事。現在諾伊修已經編好部隊，直指其他城市而去了嗎？」

「嗯，他一直在嚴加提防勇者艾波納還有你。引起騷動以後，就能在凱菲斯領拖住你們倆，再趁這段期間襲擊其他城市，完成【生命果實】。接著，只要把【生命果實】送到蛇魔族手裡，蛇魔族便能獲得超越勇者的力量。這就是他擬定的計畫。既然如此，蛇魔族應該會在戰鬥中傾力防守爭取時間，而你將依循命令體系追蹤到當中的帶頭者。諾伊修已經算到了這一步。可是，據說在城裡指揮的帶頭者並非諾伊修，而是原本近衛騎士團的副團長。」

令人不寒而慄。

萬一我無視父親的暗號，花時間追蹤到命令體系的領頭人物，就會發現那是假貨而不知所措吧。

然後，諾伊修就在其他城市展開虐殺，並將【生命果實】栽培完成帶回來，連勇者艾波納都無法打倒的怪物便隨之誕生。

完全可說是無路可走的死局。

「但是，我有疑問。諾伊修率領那樣的大軍，究竟用了什麼方式才沒被發現？」

「照形跡來看，似乎有一條以蛇之魔物開通的地下隧道。」

這麼說來，我想起之前曾經搭乘蛇之魔物到蛇魔族米娜的別墅。

靠那條巨蛇的話，即使能挖出隧道也不足為奇，還可以迅速運輸大量蛇人。

「謝謝爸。趁現在的話，我還能追上諾伊修。」

好險。

假如沒有父親在，我就走投無路了。

只不過，有件事讓我感到好奇。

「爸，你怎麼能取得這麼多情報？」

「他告訴我的。」

父親指向房內的第三個人——成為蛇人的騎士的屍體。

「他是曾在近衛騎士團擔任團長的男人。成為蛇人以後仍保有自我，儘管受到支配與操控，還是一直在等候機會。」

「因為他是內部人員，才曉得這些情報嘍。」

「是啊，而且他抗拒支配，將情報告訴我以後，只託我照顧主子就死了。違抗支配的過程讓他燒掉了腦子，儼然是一名忠臣。為了回報他，我才救了這個男人。因為那是他所求的唯一報酬。」

魔族的支配力非同小可。

他敢於抗拒，況且還是冒著腦子會燒掉的痛苦與恐懼，保護主子到最後。

即使不是自己領地的騎士，其為人之道仍值得讚賞。

「地下隧道的入口在這裡。這同樣是他告訴我的。」

「感謝情報。剩下的交給我就好。還有，我也有一件事要相求。爸，拜託你別死。我要扛起圖哈德家仍嫌稚嫩。首先，妨礙媽再婚是我死也不想接下的差事。」

「嗯，這樣啊。那我只得活著回去了。盧各，你也千萬別死。你死了會讓艾思麗哭泣。再說，你總不能讓那些女孩守寡吧。」

「也對。」

這就是最後一句話。

我以全速拔腿奔跑。

趁現在的話，應該勉強趕得上。

原本會輸的一戰，多虧父親才回到了起點。

接著就要讓情勢逆轉。

我會阻止諾伊修虐殺，他休想栽培出【生命果實】。

Episode16

第十六話　暗殺者做出決斷

The world's best assassin, to reincarnate in a different world aristocrat

領主的宅第，地下道就位於那裡的正下方。

我運用魔法飛在廣闊漫長的地下道。靠魔法製造的風層折射光線，再加上避免熱能與氣味外洩的潛行魔法。

這是為了避免我方的追蹤被察覺。

（一直被對方搶占先機，這是首次有機會出其不意，我不會錯失這個時機。）

蛇當中也有會感應震動的類型存在。換句話說，在踏進地下道的時間點就會被對方察覺。還有熱能、目視與嗅覺，這些都需要設法因應。

用上這麼多潛行魔法，移動速度難免會下滑。然而，我更不想捨棄自己沒被對方發現的優勢。

前進二十公里以後就來到地上了。

抬升高度，然後解除魔力消耗劇烈的潛行魔法，從【鶴皮之囊】取出滑翔翼。

高度提升至一定程度，震動就不會被感應到。

「相當容易辨認。」

我一面將魔力專注在圖哈德之眼強化視力，一面從上空眺望四周，輕易就發現了痕跡。

由於對方運用巨蛇魔物移動，爬行的痕跡清楚地留在大地。清晰到從上空都能辨識的程度。

這樣要追蹤就簡單了。

「認真追趕吧。」

照這個高度，原本分給潛行的魔力資源可以全部用於移動。

以風魔法製造形狀可將空氣阻力減弱到極限的護罩，再進一步呼風從背後推送幫助加速。

若是用爆裂魔法就能發揮快好幾倍的速度，但爆炸聲會被察覺。為了保持靜音就要留意，以免超越音速。

無論在地面爬得多快，都逃不過來自天空的追蹤。

（單從痕跡來看，對方通過這裡是在約十五分鐘前。至於目的地……在這個方位要滿足【生命果實】的栽培條件——一萬人以上的靈魂，就只有迪斯托爾領的大都市法立露了吧。不會錯，諾伊修的目標是那裡。）

從這裡到法立露有三十公里。

我得加快速度。

◇

三分鐘後，終於捕捉到諾伊修的軍隊了。

以往載我們到蛇魔族米娜宅第的巨蛇魔物有十條，大陣仗的行軍。

那種蛇之魔物各自載著約十名變成蛇人的騎士，總計達百人。

所有成員當然都是具備魔力者。

在亞爾班王國，能把百名具備魔力的騎士當成別動隊運用的貴族，頂多只有凱菲斯公爵家與洛馬林公爵家吧。

圖哈德家就算連分家的具備魔力者都召集來，也不滿三十人。

我從上空監視，他們並沒有察覺到我的跡象。

要運用這項優勢。

每一個成為蛇人的騎士，在肉搏能力方面都應該想成足以與我匹敵。正面交戰只是自尋死路。

（從死角發動超高火力將其殲滅。）

我在內心向妮曼賠罪。

或許幫她把話帶到之前，我就會殺掉諾伊修。

從行軍速度與方向求出對方十分鐘後抵達的位置。

再參照記在腦裡的地圖。

確認周圍沒有村子或聚落。

既然如此就可以用那招。

「【神槍】。」

以魔法製造的百斤鎢製長槍飛升向天。

只論威力，這是我手上最強的魔法。

用反重力魔法將鎢製長槍運向超高空，之後任其自由墜落，靠著壓倒性的動能殲滅目標。

在前世稱為上帝之杖，從衛星射出質量兵器，藉此實現等同於核武之傲人威力的一般軍武。

將超重物質運到宇宙所需的成本構成問題，所以當時只有試造而未正式採用。不過，因為有反重力魔法才使它成了低消耗兼超高火力的殺招。

（缺點在於命中目標需時十分鐘以上，而且發射後就無法改變彈著點。）

飛升至上空數千公里，到落地為止要十分鐘。

必須預測對手十分鐘後的位置再施放，在正常戰鬥中就不可能直接命中敵人。

而且，瞄準也極為困難。
必須取得精確的環境情報，搭配複雜且高等的計算。
然而，只要有違反常規的魔法，以及我傲居人類最高峰性能的頭腦就有可能。
何況這次的對手是率軍移動，因此會紀律嚴整地維持一定速率的腳步。
沒有比這更容易預測的了。
「【神槍】。」
我接連施放【神槍】。
正因為是低消耗的魔法才利於連射。
「【神槍】。」
又有新的鎢製長槍升向天空。
再多加兩把。
總計發射了五把。
每一擊都有傲人的戰略級威力。
這樣的話，應該就能殲滅如此龐大的戰力。

◇

我持續從空路進行追蹤。為了避免遭受波及，我與【神槍】的預測軌道拉開了相當的距離。別說從旁掠過，連餘波都難保不會致死。

離【神槍】命中還有十八秒。

眼底有成為蛇人的眾騎士駕馭巨蛇魔物。

到現在，他們仍毫未察覺生命危機已經逼近。

於是，那來了。

從宇宙飛降而至的鎢製長槍，速度過快而令人無法目視。無聲無息地命中，地面炸開了。

橫跨數公里的地面被掀開，衝擊波使得位於現場的一切都被逼退。

一擊就讓地形改變。

緊隨而至的第二擊、第三擊，陸續命中。

沙土飛揚，明明是萬里無雲的晴天，太陽卻完全隱沒了。

進一步更引起只能以土石流形容的異常現象。

半徑十幾公里隨之化為烏有。

這就是將【神槍】用於集中砲火之際的破壞力。

能讓整座城市消滅這種等級的威力。

觀望片刻之後，原本被塵土遮蔽的太陽總算現出臉孔。

即使用辨識魔力的圖哈德之眼，也看不見任何活動的生物。

「命中……巨蛇魔物全滅，蛇人騎士也是。」

過於荒誕的破壞。

或許他們每個人都擁有與我相等的力量，即使是如此強悍的騎士，甚至連發揮實力的機會都無法獲得就當場死亡。

某方面來說，這才叫暗殺的極致吧。

我從滑翔翼縱身跳下，並用風魔法製造緩衝墊，然後著地。

我俯瞰被【神槍】連地拔起的彈著點。

看不見底的深淵。

作為範本的上帝之杖因為不會像核武一樣汙染環境，被稱為利於環保的大規模殺傷性武器。

破壞範圍蔓延得如此廣大，不禁讓我覺得也沒有什麼環不環保可言了。

「諾伊修也死了嗎？」

理應死了。

有別於魔族，他身為其眷屬就絕非不死之身。

而且，有形之物遭受這種火力，沒道理平安無事。

任務就此結束。

——看來並非如此。我反射性地拔出短刀守住頸子。

黑銀魔劍與短刀發生碰撞。鎢製的超高硬度短刀被斬了一半以上。

目睹這一幕的同時，我使出後旋踢。

來襲者被逼退，雙方有了距離。

……拿普通短刀的話，我的脖子應該已經連同刀子一起被斬斷了。

冒出冷汗。

「你會不會太狠了，盧各？我們是朋友吧。這樣實在過分。」

「正因為是朋友，我才認真想殺你。諾伊修，讓事情結束吧。」

理應遭到【神槍】命中的諾伊修就在那裡。

看來他並沒有躲過一劫。鎧甲與衣服全都消滅了，手上只拿著閃著黑色光芒的劍。

應該是在成為魔族眷屬時，獲得了某種能力吧。

如果不趕快掌握那種能力的玄虛，又會被暗算，更無法如願取他性命。

……令我在意的是，諾伊修拿的並非日前他亮過的黑色魔劍，而是改用性能較低的魔劍。此刻他手握的黑銀魔劍固然厲害，但那柄環繞漆黑氣場的魔劍更加出色。

若換成那柄黑色魔劍，我的短刀已經被劈成兩截了。

可見他的祕密應該就藏在這層環節。

「呵，盧各，你弄錯了。你應該是自詡為正義的一方吧？」

諾伊修那無比高姿態的話語，簡直像在規勸不懂事理的小孩。

「我不曾認為自己是正義的一方。我只是在採取對亞爾班王國有益的行動。」

暗殺貴族的職責是為國家切除病灶。

的確，以往我切除的那些貴族都是涉及販毒、人口買賣、強盜、以營利為目的而殺人等勾當，應該堪稱惡棍。

可是，我不曾自詡為正義。

所謂的暗殺貴族，終究是守護國家利益的道具，就只是這樣而已。

其結果能讓我重視的人們保有笑容就夠了。

「真敢說。被人捧的你都已經成為【聖騎士】和【聖人】了。你就是想被稱讚，想擺正義的嘴臉，才會一路強出頭打倒那些魔族吧？回想起來，那是我初次受挫。只要沒有你，你所受到的讚揚原本都該歸我所有。」

「或許吧。因為有我在，勇者就被留在王都了。沒有我的話，勇者就得出面作戰。那麼一來，擔任艾波納隨從的你或許已經受到眾人的讚揚了。」

對於說我想受到稱讚才努力，這一點我有自己的想法，但我並不否認自己搶走了諾伊修的功勞。

「不過，很遺憾。盧各，你所做的事情帶來了危害。我才能成就正義，靠著只有我能辦到的壯舉。所以你別來干擾。你要干擾的話，我就得為了正義斬殺朋友。」

「……正義嗎？能不能向你討教何謂正義？」

「沒辦法。讓我來告訴你世界的真相與正義吧。」

嘴上說沒辦法，他的態度卻像是巴不得能找人傾訴。

我也有興趣。

諾伊修虐殺領民的行為，還有他本來打算到別人的領地展開的虐殺。

那要怎麼解釋才會是正義？

蛇魔族米娜到底對他灌輸了什麼？

十之八九是為了利用諾伊修的謊言吧。然而，當中似乎也夾雜了我不知道的真相。

諾伊修並未察覺我的心思，還像成為舞臺主角一樣用誇大的肢體動作向我道來。

「盧各，魔族根本就不是我們的敵人。」

「殺害那麼多人類的魔族不是敵人？我們的學園被摧毀，城市也被毀滅了兩座……不，連凱菲斯領在內是三座吧。即使如此，你還是敢說魔族不是敵人？」

「無論毀滅了幾座城市，都只是小事情而已。魔族是為了讓世界存續所需的道具，過度增生的靈魂要由它們這樣的裝置來調整！」

這種論調，我從其他途徑聽說過。

「能存在於世界的靈魂數量是固定的，可是，靈魂卻不停增加。人死了以後，靈魂仍會輪迴而不滅，所以魔族們才會栽培【生命果實】來減少靈魂。」

聽起來似乎說得通。

人死後靈魂將會歸天，並且在漂白後再度降臨世間。

不過，若是成為【生命果實】的材料就另當別論了。那會讓靈魂脫離輪迴的循環而消滅。

「哦，有意思。關於靈魂數量固定這一點，假如持續增加會有什麼後果？」

「世界會隨之瓦解。」

「那麼，為什麼會有勇者在？既然說魔族是調整裝置，只會造成妨礙的勇者理應是不需存在的機制。」

「透過【生命果實】，被選上的魔族會變成魔王。可是，魔王將導致靈魂過度減少。勇者是為了終結完成調整的魔族或魔王而存在。勇者與魔王是成對的，兩者都是為了讓世界存續下去。」

「還真是拐彎抹角。我倒覺得有更直接的做法。」

說是這麼說，機制仍設計得巧妙。

魔族是人類殺不了的強大存在，它們會讓人類數量減少。

在那樣的過程中，魔族將展開誰能當魔王的競爭，並且自行削減數目。勇者只要殺掉最後獨留的魔王就完事了。

誠然是一套維護生態的機制。

「我也那麼想過。米娜大人開導了我。她說這同時也是對人類施加負荷，促進人類成長的機制。有名為魔族的威脅，人們為了對抗，就會互相協助團結，然後進化。多虧與魔族抗戰，人類在技術上有了多大的進步，你應該也能理解吧？」

這完全是首次耳聞的說法。

然而，並沒有矛盾。

軍事技術自然不用說，醫療技術、物流技術，萬般技術都為了對抗身為人類天敵的魔族而有了進步。

前世亦同，技術必定都是在戰爭中最有革新性的進步。

而且，要說人類會團結一致也沒有錯。

當魔族作亂時，人類之間就沒有發起戰爭的空閒。

若沒有魔族，人類之間肯定會發生戰爭吧。照目前的國際情勢，沒發生大規模戰爭還比較奇怪。

「所以你就去協助高貴的魔族了？為此還奉上自己的領民？」

「是啊，我非常心痛喔。不過，非得有人動手才行！我是唯一能辦到的人。只有我不會斷定魔族為敵人，還與它們交涉，得到了答案。我跟你正是這一點不一樣。殺害魔族還斷定要排除魔族的你，跟我就是有如此的差異。像我這樣才能夠成事。」

「所以你並不是殺完人就了事。」

「當然。現世的魔族將人類栽培成【生命果實】，等魔王誕生後，勇者又會殺魔王，這種無聊的事情，人類究竟重複了幾次？這種蠢事持續了幾千年啊？我會讓這樣的鬧劇完結。」

「說說看你要用的方法吧。」

如諾伊修所說，魔族出現後，魔王誕生，勇者予以誅討。像這樣的事情已經發生過好幾次，在史籍上也能確認。宛如一曲無盡的華爾滋。

「我會讓米娜大人成為無敵的魔王。而且，往後米娜大人將征服並管理這個世界，以免靈魂過度增加。人類必須定期捕殺，由我與我率領的騎士來執行這項職責。只殺掉毫無價值的人，留下傑出的人。」

「原來如此、原來如此。那樣一來，往後就不會出現虐殺。」

「你也認為這是好主意吧！只有該死的人會死。這個世界盡是無能之輩，光是捕殺無能之輩，幾千年來一直重複的悲劇就可以結束。根本不需要勇者，我才是拯救世界的英雄！」

興奮的情緒掩飾不盡。

甚至還勃起了。

陶醉得無法自已。

諾伊修應該自以為成神了吧。

「對了，盧各，你要不要成為我的部下？」

「令人懷念。到學園接受測驗那天，你說過一樣的話。其實我當時很高興，因為我缺少男性朋友。」

到現在我還記得。

起初我認為他是個不討喜的傢伙。

可是，稍微交談過就知道了。

這傢伙是認真的，而且還認同我的實力，才會表示自己需要我。

「我的心意跟當時一樣喔。你也請米娜大人將你變成魔物，讓我們倆一起改善這個世界吧。我願意原諒你至今為止的無禮，也可以淡忘被你輕視的事。」

耿直的善意。

他認為那麼做才是正確的。

假如諾伊修做出決斷的前提全都正確，某方面來說，那應該也是一個辦法。

「不，諾伊修，你已經變了。很遺憾，我無法與你走在一起。」

我舉起短刀備戰。

「難不成你要跟我鬥？」

「不，我會殺了你。」

這就是我的覺悟。

並非以友人的身分戰鬥，而是以暗殺貴族的身分為亞爾班王國切除病灶。

諾伊修已經被認定為病灶了。

沒錯，無須寬容、慈悲及同情。

只求誅殺。

事情已成定局。

Episode17

第十七話

暗殺者弒友

The world's best assassin, to reincarnate in a different world aristocrat

我說出要殺了對方。

現在已經無法走回頭路，我也沒有那種打算。

我用圖哈德之眼觀察諾伊修。

眼裡可見他的魔力正逐漸膨脹，肌肉也進入攻擊的預備動作了。完整的備戰態勢。

明明如此，諾伊修朝向我的臉孔卻一如往常，那是面對朋友的表情。

這表示即使有了戰鬥的心理準備，他仍在摸索除了廝殺之外的途徑。

「你說要殺了我。盧各，你雖然優秀，視野卻狹隘。明明我為你說明了這麼多，你卻還是只想著亞爾班王國。那就是你的極限喔，暗殺貴族。」

「你用那個頭銜來稱呼我？」

事到如今，圖哈德是暗殺貴族一事被對方得知並不會讓我驚訝。

畢竟諾伊修的主人蛇魔族米娜已經滲透到國家中樞，而且四大公爵家本來就與王室太過接近。

表面上知道圖哈德底細的只有王室及直屬上司洛馬林公爵家，但那不過是個形式。

「太見外了吧，我們明明是朋友。直到最後，你都沒有親口對我透露過祕密。」

「那是暗殺貴族圖哈德的處世之道，也是我的矜持。」

「比你跟我的友情還重要？」

「無從比較。工作與我，哪邊才重要？問這種問題的女人，你有何觀感？」

我打趣似的說道。

陪諾伊修對話是為了製造破綻的手續，同時也是我內心天真的念頭想延後最後那一刻所致。

「啊哈哈哈哈，那樣確實很煩人。唉，那碼歸那碼，雖然你已經下定決心要殺我，但我還沒有死心。」

「要我像你一樣，把靈魂出賣給魔族？」

「嗯，我就是這個意思。你的腦袋也理解了吧？不減少靈魂數量，世界就會毀滅。再怎麼打倒魔族保護人們也毫無意義。即使你打倒全部魔族，下一代魔族是不是立刻又會出現呢？」

諾伊修像在安撫任性小孩一樣朝我訴說。

「或許是這樣沒錯。假如因為我現在救了遭受襲擊的人們而導致世界毀滅，那可就得不償失了。」

「既然你在從事暗殺貴族的工作，應該曉得受制於眼前所見有何危險性吧？別再玩正義家家酒了，你應該像我這樣改為幫助該幫助的人。或者說，你希望像以往那樣靠著打倒魔族來贏得讚賞？」

「別讓我一再重複。我是暗殺貴族，讚賞本來就不是我所追求的。身為這個國家的影子，我揮刀至今只為了國家利益。」

成為英雄的願望。

那是任誰都有的感情，我也不例外。人類逃不過所謂的自我表現欲。

然而，我是為了拯救世界才奉命轉生的存在，更是守護亞爾班王國利益的利刃。

我所求的只能是國家利益，而非讚賞。

我自負一直都是如此活過來的，更勝自我表現欲。

「那麼，你就應該協助我。還有特別的優惠喔。我也可以給你選擇犧牲者的權利。我們一起來選擇要捕殺的人類。只要成為選擇的一方，你重視的人們就能免於被捕殺。啊，對了，既然你那麼自豪於為了亞爾班王國揮刀，我也可以把捕殺的人類限定於國外那些人，你保得住最喜歡的國家利益。」

很有魅力的特權。

能保住圖哈德領這個寶貴的故鄉，保住以商人身分生活過的商業都市穆爾鐸，保住比什麼都重要的家人與女友。

我並不是博愛主義者。

更沒有打算大言不慚地表示人命皆應平等。

若把連名字都不曉得的某人與自己重視的人放到天平，我應該會毫不猶豫選後者。

「有一件事我怎麼也想不通。我愛自己的故鄉圖哈德領，正因如此，剛才的提議讓我心意搖擺了。你應該也一樣吧，凱菲斯公爵家下任當家諾伊修・凱菲斯？可是，你卻把凱菲斯領當成祭品奉上了。為什麼你做得出那種事？」

「呵，那是我的覺悟。今後我將負責捕殺人類，為此我非得先自己了解那有多麼沉痛。正因為我親自裁決了心愛的領民，才能叫他人為了世界去死。」

蘊藏強烈意志的眼神。

想要壓抑悲傷，卻掩飾不盡。

簡直像悲劇中的主角。

身為美少年的諾伊修十分適合入畫。

哎，他是多麼地……

「滑稽。你這樣實在太難看了。」

我直接把內心浮現的字句說出口，諾伊修的太陽穴就冒出青筋。

「……就算是朋友，也有能說與不能說的話。希望你別瞧不起我的覺悟。你能明白我是多麼痛苦、多麼悲傷才做出這個決斷嗎？要親自殺害寶貴的領民們有多麼煎熬，你能理解嗎！」

「你自以為付出了犧牲，卻言不及義。承受痛苦的是凱菲斯領的領民。」

「沒錯，承擔痛苦的是我的領民，所以我的胸口才會這麼苦悶！」

諾伊修情緒激動。

但是，我不會妥協。

同為下任領主，我更有無法妥協的理念。

「我就明說吧。你只是個殺人犯……領民不是你的所有物。我們貴族的職責是保護國家出借的人民與土地。你從根本上就搞錯了，所以才會擅自殺害領民，還能擺出悲劇主角的臉孔。我再重複一次，承擔痛苦的不是你，而是領民。」

我們貴族要引導、保護領民，使其生活豐裕，再以收稅的形式領取對價。

貴族與領民的立場是對等的。

他們並非貴族的所有物。

「我懂啊！即使如此，我仍然獻出了領民。迫使他人痛苦的我，就要先知道什麼是痛苦。」

哎，遺憾。

談到這個地步，還是不能點醒他嗎？

「因為你就是不懂，才會成了加害者還自詡為悲劇的主角……對凱菲斯領的人民來說真是一場災難，有你這種自作多情的傢伙擔當下一任領主，我同情他們。」

「閉嘴，你給我閉嘴。」

「我不閉嘴。基本上，你為什麼那麼容易就相信魔族所說的話？它們是人類之敵。或許你聽進去的都是謊言。你有確認過世界會被靈魂重量壓垮這說法是否正確嗎？」

我對任何情報都會先抱持懷疑，並取得佐證。

從事見不得光的生意，情報會比黃金更有價值，因此假消息比比皆是。

「我叫你閉嘴，難道你聽不懂嗎！」

「我不閉嘴。諾伊修，或許你受了魔族欺騙，只是自以為在拯救世界，就虐殺了那些領民。」

「不可能有那種事，我、我、我成為真正的英雄了。盧各，我比你更了不起。」

「真心話終於出現了。滿口拯救世界、自我犧牲與覺悟，你只是想滿足自我表現欲吧。世界根本就無所謂，其實你只是嚥不下自己不如我的這口氣。」

「住口————————！」

諾伊修激動得伸出右手。

伸出的手化為大蛇，以超越子彈的速度逼近而來……然而下個瞬間，諾伊修的頭就飛了出去，化成大蛇伸來的手臂無力垂下，並未觸及我。

從死角狙擊帶來的結果。

「抱歉。我是暗殺貴族，只懂得用這樣的手法。」

我在確認了諾伊修活著的階段，就預先設置好幾座施以迷彩的固定砲臺了。

那些固定砲臺可以透過魔法遙控。

雖然沒辦法進行瞄準，但我能夠運用話術與走位將目標引誘至射線。

要我正面迎戰以魔族之力強化過，而且遭【神槍】轟炸仍不會死的對手，那是不可能的。

我並非騎士，而是暗殺者。我不會把美學、榮耀與禮節帶進戰鬥當中。

只求殺死目標。

話雖如此，光是射下頭顱還不能安心。

「【槍擊】。」

我拔出手持的槍枝，將所有子彈轟向諾伊修失去首級的身體。

新型槍械。

這是我為了今天準備的。往常用的槍在威力上靠不住。

以被譽為世界最強手槍的Pfeifer Zeliska為基礎製作而成，再進一步改造過的愛槍。

Pfeifer Zeliska……將攜帶性、機動性、輕巧度這些屬於手槍的定位全部忽略，進而大型化的超高火力手槍。

使用的子彈是.600 Nitro Express彈。

原本應該用於步槍的子彈，而且是為了收拾大象或野牛之類的大型動物才會祭出，並非對人類使用的貨色。

與這比較的話，身為高威力手槍代名詞的沙漠之鷹感覺就像玩具。

如此強大的子彈還進一步經過強化。

我用了爆發力比前世火藥強了好幾階的琺爾石粉末，並且將彈頭改成貫穿力更強的鎢製彈頭。

其後座力驚人，如果沒用魔力強化體能，開一槍就足以令肩膀脫臼。

只追求威力的瑕疵品。然而，這種威力卻是任何武器都難以取代的。

「……抱歉，諾伊修。」

所有子彈都射完了。

諾伊修的身體連原形都不留。

威力強到這個地步，彈著點周圍幾十公分都會被轟爛。

即使如此，我仍不會鬆懈。

我一面朝四周用風屬性的探測魔法，一面迅速填彈。

我不認為這樣就結束了。

花這點工夫就可以了事的話，用【神槍】早已擊斃他了。

我尚未解開諾伊修沒有因【神槍】而死的理由。

「嘖。」

腳底下感受到了些微震動。

探測魔法毫無反應，但我還是相信直覺縱身跳起。

下個瞬間，從我先前站的位置，有白蛇勢如子彈地衝了過來。

難怪探測魔法沒有反應。風之探測魔法的有效範圍不包含地底。

躲不開。

有意防禦的我以雙臂護住要害。

然而，蛇毫未放慢速度，還切換軌道往防禦處下方的腹部予以重擊。

沉沉的斷裂聲響起。

這證明抗衝擊的支架負荷過大就會折斷減緩衝擊的結構生效了，即使如此衝擊仍未完全化解而讓我飛了出去。

（與勇者艾波納的一擊同等嗎？）

明明這套抗衝擊支架設計得連卡車迎面撞上來都承受得住，卻一擊就廢了。

沒有它的話，肋骨將遭到粉碎，內臟也已經撞得稀爛。預先修理是對的。

著地後，我以護身動作一面減緩衝擊，一面靠自己的意志轉身。

從地底下又冒出一條蛇，不，兩條。從左右展開夾攻，前方再加上最初那條蛇。

我毫不猶豫地往後跳，還呼風推動身體加速。

多虧如此，來自三個方向的同時攻擊全都變成由正面而來。我趁機擲出琺爾石。

調整過內藏的魔力製作出來的指向性炸彈。

爆壓與鐵片朝正面撒出。如我所要的，三條蛇都殺死了。

我運用風魔法讓自己飄浮。

在空中就不會受到來自地下的偷襲。

「諾伊修，你還活著吧。出來露個臉如何？」

彷彿回應我這句話，那個男人從地下現身了。

「竟然有人類這樣還死不了。盧各，其實你才是勇者對不對？」

「很遺憾，我只是人類，所以會下一點工夫。」

我觀察現身的諾伊修。

裝備跟先前不同了。

我記得，那是凱菲斯家奉為家寶的鎧甲。

在瑪荷收集的神具列表有看過情報。穿越百座戰場也沒有留下半道傷痕而成為逸聞的名品。

而且，在他的腰際有往日見識過的黑色魔劍。

諾伊修直到方才都在用性能略遜一籌的黑銀魔劍，原來是這個緣故啊。

「最初的諾伊修是假貨嗎？」

「那可不是假貨喔，你殺過的兩個我都是真貨。讓我告訴你這是什麼樣的戲法吧。我是第三個諾伊修。蛇司掌再生與不死。米娜大人留了兩條特別的蛇給我，讓它們化身成我。每一個我都是真貨。在一分為三的我當中能行動的只有其中一人。如果死了一個我，在宅第沉睡的另一個我就會醒來，跟死掉的自己互換位置。很厲害的能力吧？」

雖然我曉得他從蛇魔族米娜那裡獲得了力量，卻沒想到竟然已經拋棄人類之身到了這種地步。

「你不該洩露這項情報的。」

我將原本用來飛行而環繞於身的風轉換成推進力向下俯衝。

從諾伊修周圍的地面，陸續有蛇之魔物出現。

位於【神槍】轟炸範圍外的個體似乎正陸續集結而來。

當中有三條蛇就像標槍一樣，朝著從空中接近的我展開迎擊。

算準能將諾伊修連同蛇之魔物一塊波及的起爆點，我投出數顆調整成指向性炸藥的琺爾石並引爆。

爆壓與鐵片轟散肆虐。然而，有別於先前的白蛇，那三條蛇都穿過爆破的漩渦朝我衝了過來。

仔細一看，其鱗片散發著金屬光澤。

跟剛才屬於種類不同的魔物嗎？

「嘖。」

我用手槍速射擊落其中兩條蛇，再利用後座力躲開第三條蛇，並且在著地的同時從地面射下第三條蛇。

（表示它們即使撐得過珐爾石的爆破，換成單點突破的大口徑子彈還是有效吧。）

我把視線轉向諾伊修，只見沙塵已經散去了。

相較於猛衝如長槍的蛇，另有尺寸大了好幾圈的大蛇將身軀盤起，保護了諾伊修。那似乎為他擋下了珐爾石的指向性爆炸。

蛇身扎著好幾塊鐵片，儘管表面焦黑，傷勢卻遠遠不及致命的程度。多麼地頑強。

那條大蛇抬起身軀後，諾伊修便從裡面現身。

「傷腦筋，真是危險。我死去也已經沒有替身能遞補了耶，你好過分。」

我在手槍上加裝長槍管，連續用化為步槍的火器狙擊四發。

那些全被聚集而來的蛇群捨身擋下。

「沒用喔。這些孩子在我的部下當中格外特別，被硬度相當於山銅的鱗片保護著。你從那裡殺不了我的……何不讓我們像貴族、像騎士一樣執劍互鬥？你覺得怎麼樣呢，暗殺貴族？」

諾伊修猛衝。

好快，根本沒有空閒讓我使用飛翔魔法。

我投出當成指向性炸藥運用的琺爾石，諾伊修卻趕在引爆的臨界點前穿過殺傷圈，炸彈在他的背後爆發。

諾伊修拔出黑色魔劍，並使出突刺。

我無法閃避。

用手槍擋下以後，不堪一擊的槍身因而碎裂，這樣的代價卻替我換來了時間。

我朝諾伊修的太陽穴施展高踢。

我的長靴在鞋底及鞋尖都暗藏金屬。那會成為護具，也能夠當成武器。應該是因為這樣吧，妮曼看過一次以後就製作了同樣的貨色，還成為她的愛用裝備。

全力出腿，既然前端是金屬就能輕易踹碎頭蓋骨。

衝擊聲簡直像金屬相互碰撞的聲音。仔細一看，諾伊修的皮膚已經長滿了鱗片。

我不顧一切踹到底，儘管沒能造成傷害，卻破了他的架勢。

我拔出繫在腿上的大型短刀展開追擊，不過被諾伊修用劍擋下，並且扳回。

果然，比體能我贏不過領受了魔族力量的諾伊修。

得將距離拉開，可是，諾伊修的步伐比我後退更快。距離沒能夠拉開，雙方開始以兵刃互搏。

「身為暗殺貴族的你最討厭這樣吧！」

諾伊修一邊喘氣一邊由衷開心似的揮出好幾道劍光。

我默默地繼續接招。

「咫尺內，沒有餘地偷襲，也沒有機會用小手段，更沒有空閒讓你依賴魔法。這是騎士的距離！」

雖然說我身為騎士也一直在鍛鍊本領，但這並非我的本業。

在這個距離內，諾伊修占優勢是無法否認的。

諾伊修的攻勢逐漸激烈。

換成以前的諾伊修，這樣的步調足以使他呼吸紊亂，並且露出破綻，如今我卻完全看不出其前兆。

反而我以最低限度的動作與力量接招，消耗理應壓倒性地少，卻逐漸被諾伊修逼入絕境。

「在騎士的距離內還能頑抗啊，暗殺者！了不起的技術。」

明明我非得打破這種局面，卻掌握不到頭緒。

要命的是面對體能有差距的敵人，我不慎讓對方接近到咫尺之內。

就算手上的牌再多，用不出來只是白搭。

（力道強、速度快、劍術巧。這比任何特殊能力都要棘手。）

捨棄所有攻勢，專注於防守才讓我勉強得以應付。

更惱人的是，諾伊修不急於跟我決勝負。他只想著穩紮穩打，避免雙方間距拉開，向我挑起了消耗戰。

體力與體能贏過我的諾伊修已經拿定了主意，認為這樣就能戰勝我。

證據在於我再怎麼露出破綻釣他，他都不上鉤。

只要諾伊修急著決勝負就會出現破綻，我便能趁機製造距離。

再這樣下去會完蛋。

既然對方不肯賭，只好由我這邊來下賭注。

「……諾伊修，改變想法吧。」

「是你說要殺我的，事到如今何必廢話。」

「你現在還來得及回頭。」

「來不及啦。現在停手的話，我只會淪為反叛者而終……剛才死在你手上，倒是讓我的腦袋冷靜下來了，米娜大人說得正不正確，我根本都無所謂。反正在米娜大人征服世界後，那就會成為真相。」

諾伊修毫無迷惘。

任何話語對他都沒用。

（應該說，他已經豁出去了吧。）

無論哪個時代，真相都是站在贏家那一邊。

贏家說的話會成為真相，這才是真理。

「所以嘍，盧各，麻煩你為我而死。」

短刀被劈成兩截，諾伊修的黑色魔劍順勢劃開我臉部的皮膚。

傷口不深，出血卻嚴重。

我用全力往後跳，但跟剛才一樣被諾伊修輕易拉近距離。

我知道硬碰硬接下黑色魔劍會導致這種局面，正因為如此，才一直運用角度來化解攻勢。

然而，來自疲倦的反應遲鈍造成這樣的危機，硬是想拉開距離而不顧體面縱身退後就造成了更大的破綻……我要讓諾伊修認為局面正是如此。

這是賭博。

故意製造破綻，讓諾伊修出招並產生破綻。

我從剛才就在嘗試類似的舉動，然而，高明如諾伊修的劍士都能看穿那是假破綻，對他未曾見效。

所以，我製造了真正的破綻。

事實上，下一劍我絕對躲不掉。

諾伊修選擇從我的肩頭斜砍而下。

我一直在等待的大動作砍劈。

黑色魔劍被我的左肩吸引而去。

諾伊修的本事搭配黑色魔劍，應該就連鎧甲都能夠劈開。我側眼望向那一劍，並且踏出腳步。

「想演一齣拚死反擊的戲？我早猜到了。」

諾伊修身上的鎧甲被散發金屬光澤的蛇纏繞。

諾伊修的劍刃命中我的左肩。

……用人偶師魔族之絲幫蒂雅與塔兒朵製作的防刃服，我同樣也穿了一件。

那種堅韌的纖維幫忙擋下了利刃的入侵。然而，力道並不會跟著抵銷。沉沉的聲音響起，左肩完全碎了。

我忍著劇痛，並且靠踏出腳步的勁道，順勢用魔力強行運作理應無法活動的左手，直直地伸出拳頭，當然，這拳顯得既緩慢又虛弱。

「沒用的。」

如果這是正常的攻擊，那他說得沒錯。

諾伊修身穿神具，再加上魔物的雙重防禦，要出拳將其貫穿到底是不可能的。

然而，我的左手握著調整成指向性炸藥的珐爾石。

珐爾石在拳頭張開的同時迎來臨界，爆發出內含的威力。反正這條手臂已經廢了，大可當場犧牲掉。

諾伊修被炸飛到與我相反的方向。

雖然說是指向性炸藥，在零距離施放的話，我也無法全身而退。

左手從肘部以下受到重度灼傷。

再加上複雜性骨折。肩膀也被諾伊修的那一劍劈碎了。

就算我有【超回復】，左臂受損到這種地步，並不是擱著就能夠痊癒的傷勢。

在這場戰鬥已經用不上了。

然而，我成功拉開距離，也對敵人造成了傷害。

不管那是神具等級的鎧甲，還是鱗片，對方都在極近距離之內承受了爆壓。熱能會燒遍全身，聲音與衝擊波將蹂躪其感官。

（犧牲左臂算是值得了。）

我站起身，並且瞪向諾伊修。

他的眼睛被燒傷，鼻子炸得潰爛，耳朵則被震破了鼓膜。

以左臂為代價，我換取到可以使用所有武器的時間，更讓對手露出了足以讓下一擊確實命中的破綻。

而且，這會是最初兼最後的機會。

第二次便不管用。

（神具鎧甲與鱗片防禦，我需要足以將兩者貫穿的火力。）

假如用火力最強的【神槍】，應該就能辦到。

然而，到命中為止要花十分鐘以上。

威力次之的磁軌槍到發射為止也需要幾十秒。

只見諾伊修燒傷的臉正逐漸復原。

不久，他就會取回五感。

我需要能即刻動用的高火力。

指向性炸藥型的琺爾石不足以成事。【砲門齊射】的火力也還是不夠。

所以，我要用那個。

（蒂雅朝地中龍魔族施展的那一擊，讓我得到了提示。）

運用幾十顆琺爾石使出的攻擊。

那並不是糊里糊塗地丟出去，而是以敵人為中心，引發無數爆破，還要靠立體布署將那樣的衝擊集中於一點，進而將敵人輾壓致死。

利用到那種原理的兵器，在我轉生前的世界被稱作集束炸彈。

原本非得經過仔細計算再組以精密魔法的那一招，已經被我系統化了。

而且，我不會讓它止於魔法的範疇。要搭配專用的兵器一併運用。

「【集束轟炸】。」

我從【鶴皮之囊】取出專門為【集束轟炸】這魔法製作的兵器，並且投擲出去。

它有著椰子般的形狀，鋼鐵外膜裡裝載了緩衝材、火藥還有多達二十顆的特殊小型珐爾石。

它透過魔法被送到目標頭頂，引發第一次的爆炸。

第一次的爆炸並非源自珐爾石，而是普通的黑色火藥，而且威力調整得極低。

鋼鐵外膜破裂，裡頭的珐爾石隨之散落，並且在半空各就各位將諾伊修包圍住。

能將爆炸威力全部集中於中心的理想布署。

小型珐爾石全都處於臨界狀態……完全在同一時刻，分毫不差地炸開。

無處可去的衝擊與熱能以超高密度滯留於諾伊修所在的空間，形成了如太陽般的巨大高熱球體。大地遭到挖空，剖面正像鏡面一樣閃耀著。

「這就是將蒂雅的高等運算系統化之後，加以製作成兵器，因而在實戰得以使用的最高火力……【集束轟炸】。」

集束轟炸的原理很單純。

所謂的爆炸，就是由衝擊波與熱能呈放射狀擴散而成。

對目標造成的衝擊與熱不過是整體的幾十分之一。

然而，如果用無數的小型炸彈，將目標包圍住再引爆又會如何？

從全方位同時來襲的熱與衝擊會包裹住目標，然後將其壓碎。相較於單純撒出炸彈時，威力達八倍以上。而且，那還是用了二十顆珐爾石的八倍威力。

不可能有生物承受得住這樣的威力。

「抱歉，我本來不想殺你的。但是，我決意要殺你了。」

就算米娜對諾伊修灌輸的那些話是正確的，我也不會採用捕殺人類的手法。那具有致命的缺陷。

我一定會找出其他方法。

諾伊修能撐過【神槍】似乎是拜替身所賜，若要相信他說的話，替身數目為二。

這樣就全部殺光了。

我緩緩地調適呼吸，並且收拾裝備……

「嘎啊！」

黑色魔劍就從我的胸口生了出來。

「真蠢，難不成你相信了？真正的替身其實有三具。我效法了你的狡詐。聲稱只有三個我，你在殺死第三個我的時候就會鬆懈。要不然，這麼重要的事，我怎麼可能告訴你呢。」

諾伊修在我背後。

原來如此，他會那麼輕易向我揭露那套戲法，就是為了在萬一被殺的時候趁機暗算我。

「果然是這樣。」

我笑了，不，我的幻影笑了。

我的身形扭曲，而後融化。接著，那變成了單純的金屬塊。

「什麼花招，這……我的劍，拔不出來！」

諾伊修傾全力想把劍拔出，從他的腳底便有鐵樁伸出並化為牢籠。

他應該要發現的。既然我對諾伊修訴說過聽信魔族的話語有多麼愚蠢，自己就不可能把敵方給的情報真當一回事。

我從最初就在懷疑，更準備了對策。

在殺死第三個諾伊修之後趁機暗算，是我應該最先存疑的可能性，於是我設下了陷阱。

在殺死諾伊修的同時，我在沙塵中製造了金屬人偶，並且拉開距離，還從遠方利用光線折射的原理，靠魔法投映出自己的身影。

真正的王牌會在此時從天而降。

來自遙遠天空的神之長槍。

那才是我的王牌，【神槍】昆古尼爾。

即使射不中移動的敵人，先準備欺敵的誘餌，要指定落點便很容易。

這是保險措施。

我原本認為就算是多此一舉也罷。

速率達到音速數十倍的神槍命中目標。

以彈著點為中心，掀起了土石流，還鑿出數百公尺的巨坑。

「偷襲、爾虞我詐是暗殺者的專業領域。明明你應該了解這一點才對……諾伊修，可見你早就不把我放在眼裡了。」

這一次，諾伊修才真的死了。

他犯了錯。

假如諾伊修以騎士的身分戰鬥，假如他在自己的主場上戰鬥，應該就不會輸成這樣了。

不，他犯下的錯，早從伸手索求蛇魔族米娜的力量就已經開始了，是我害的。

諾伊修會被米娜趁虛而入，導火線便是面對我的自卑感。

「眼淚嗎？」

我明明沒有資格流下這種東西的。

我擦去淚水。

還有非做不可的事。

決定不惜殺害朋友也要做到的事。

在這裡止步是不會被容許的，我自己也不會容許。

我拖著疼痛的身體，踏出步伐。

Epilogue

終章

The world's best assassin, to reincarnate in a different world aristocrat

後來，我用盡所有探測魔法、解析魔法探索四周，扼殺諾伊修生存的可能性之後，才回到了凱菲斯領。

艾波納平安無事，她成功將蛇魔族米娜誘離大都市蓋爾，目前仍在遠離城市的地點戰鬥。

而且，洛馬林公爵家的精銳魔法騎士趕到了凱菲斯領，原本支配城裡的魔物與蛇人都已掃蕩完畢，城裡得救了。

蒂雅與塔兒朵似乎與那群精銳魔法騎士一同行動，還有過一番活躍。

儘管凱菲斯領的騎士們變成了魔物還受到操控，這場動亂能在短時間鎮壓，應該是因為絕大多數的戰力都讓諾伊修帶走了。

我則在騎士團設立的作戰總部，轉達了諾伊修變成魔物後企圖做些什麼，還報告過自己已經殺了他及其部下，接著才向對方借用醫護室。

「得對左臂進行急救處理。」

在戰鬥中為了讓諾伊修產生破綻而犧牲的左手痛得厲害。

【超回復】提升的終究只是自然痊癒力，只能讓放著也會好的傷痊癒。

左肩接下諾伊修一劍而造成的單純骨折要治好應該沒問題，但是珐爾石的反作用力帶來的重度灼傷與複雜性骨折要是沒有經過相應的處理，就絕對不會痊癒。

醫護室自當有醫生在，不過由我親自急救才是最好的。

我能運用圖哈德家的醫術，這裡沒有比我更優秀的醫生。

我做出覺悟，展開以神具構成的第三條手臂，並在摘出碎骨以後，用金屬魔法補強剩餘的骨頭助其塑形，再撕掉因灼傷壞死的皮膚細胞，然後從其他地方剝下活著的皮膚貼上去。

做到這一步應該就能靠【超回復】治好了。

只要有魔法與【超回復】，像這樣蠻幹也可以。

急救告一段落以後，我纏上特殊繃帶，還製造了金屬以便固定骨折的部位，再打上石膏做保護。

只要有三天時間……恐怕就能靠【超回復】的效果治好。

大概無法完全回復原樣就是了。

「盧各，我聽說你受了重傷耶！」

「你沒事吧，少爺！」

蒂雅與塔兒朵沾滿泥巴與塵土，喘吁吁地趕到醫護室。

「妳們不必擔心。只犧牲左臂就了事，我也已經急救完畢了。」

「太好了，誰教我們一到這裡，大家就在嚷嚷盧各受了好嚴重的傷。我可是很擔心耶。」

「果然，我應該陪在少爺身邊才對。」

蒂雅抱了過來，塔兒朵則顯得淚汪汪。

看見她們那樣的反應，我緊繃的心寬慰了一些。

「我也一樣擔心妳們。在這裡的騎士都身手高強吧？幸好妳們倆也平安無事。」

「盧各，與其擔心我們，你才讓人擔心喔。」

「蒂雅小姐說得是。剩下的事就交給大家去辦，請少爺安靜休養。」

打算起身的我被她們倆按回床上。

「……妳們放手吧。我休息一小時就會離開這裡。我想做準備。」

「你身體這樣還打算做什麼呢？」

「替艾波納助陣。她似乎還在跟蛇魔族交戰。」

勇者艾波納上場戰鬥，場面會猶如天災。

明明她們離這裡相當遠，目前仍在交戰的情勢卻透過聲音、光與熱傳達到了這座城市。

而且，正因為那是災害等級的戰鬥，就算是這裡的眾精銳也無法過去助陣。

蛇魔族米娜獲得【生命果實】後的力量，似乎與艾波納同級。

光靠我贏不了。但是，由我去替艾波納助陣應該就能讓天平傾向我方。

「太亂來了啦！你要相信艾波納，靜靜地留在這裡。盧各，現在的你會成為累贅，懂嗎？」

「沒有錯。就算是少爺，也沒辦法立刻治好那條壞掉的左臂吧？再說少爺的體力與魔力都已經耗盡了，我看得出來。」

她們倆都打從心底在為我著想。

而且分析也很精確。

「所以說，我會再休息一小時。經過那段時間，起碼傷口就能癒合，體力與魔力也會回復。」

就算骨頭沒有接回去，只要用石膏固定便不會惡化，至少貼上去的皮膚定形以後，就能堵住傷口表面，灼傷的劇痛應該也會跟著消失。

「你無論如何都會去，對吧？你的臉就是那麼說的。」

「我想要確認諾伊修打算做的事情是正確的，還是單純受了欺騙而已……更重要的是，我本身無法原諒米娜。」

殺死諾伊修是我的罪。

然而，逼我這麼做的是那傢伙。

「知道了啦。相對地，我們也要跟你去。」

「現在的我們應該不會妨礙到少爺。」

「妳們倆了解狀況嗎？那是艾波納與接近魔王境界的魔族在戰鬥。就算是妳們也會有危險。」

「我會怕啊。不過，我已經有了覺悟。」

「我們兩個會代替少爺的左臂拿出表現。」

看了她們倆的眼睛，我有把握。

無論再多說什麼，無論發生了什麼，她們倆都不會讓我一個人去。

要是我一個人出發，她們就會擅自跟上來。

那樣更危險。

不，應該有更好的方法。

「……蒂雅、塔兒朵，為什麼妳們都擺了架勢？」

她們倆明顯是要提防我，都在防備攻擊。

尤其要防備瞄準下巴的一擊。

毫無破綻。

至少目前無法用左臂又消耗殆盡的我應該會反被她們修理吧。

「盧各，誰教你在這種時候就會盤算著把我們打暈，然後自己出發。」

「我的意見跟蒂雅小姐一樣。少爺用一拳就能讓人腦震盪呢。那會變得三個小時都站不起來。」

「對呀對呀，那種朝下巴揍一拳，就會讓人天旋地轉倒在地上的招式好恐怖。」

被她們猜到了啊。

之前我用過同一招，似乎就給自己留下了敗筆。

「我認輸了。三個人一起去吧。」

「你肯聽話就好。」

「少爺，那我先去整裝。」

塔兒朵快步離開，而蒂雅坐到了我的病床。只有塔兒朵跑去做準備，是為了把蒂雅留下來監視。

萬念俱灰的我從擺在床頭櫃的包包裡拿了特殊營養劑猛灌，還將口糧清光。

然後我躺了下來。

為了讓身體狀況盡可能接近萬全，我決定睡一覺。

蒂雅摸了摸我的頭。

「妳這是什麼意思？」

「總覺得，你看起來好難過。盧各，你有發現嗎？你一副快要哭出來的臉喔。」

「我殺了朋友，心裡當然會覺得難過。我做出覺悟，在判斷只能殺對方以後才那麼做的。原本我以為自己能看得更開……卻似乎不是那麼一回事。」

我在前世殺過好幾次朋友。

奉組織的命令，我殺了好幾個叛徒。

我認為那是理所當然的事，既不會煩惱，也不曾哀傷。

我只會不屑地吐出一句「愚蠢」，然後就揮刀殺人。

現在的我怎麼也無法辦到那種事。

「會難過是當然的啊。盧各，你好努力喔。」

蒂雅又摸了摸我的頭。

我覺得哀傷的情緒好像平復了些，還對哀傷平復這一點感到內疚。

「你現在要休息。我會像這樣陪著你。」

「……謝謝。麻煩妳，讓我撒嬌。」

我感受著蒂雅的體溫，閉上了眼睛。

蛇魔族米娜，我絕對要找那傢伙問出一切。

然後，我會殺了她。

身為暗殺貴族，那是替國家切除病灶的行為……同時，也是我出於極為個人的殺意所做的決定。

後記

感謝您閱讀《世界頂尖的暗殺者轉生為異世界貴族7》。

我是作者「月夜　涙」。

第七集主要描述的是盧各與他的戰鬥。

希望各位能一邊聚焦在盧各的感情一邊閱讀故事。這段故事比之前任何一集都能看出盧各的人性。

換個話題，動畫大受歡迎（並未誇張），並且順利播映完畢了。

能引起這麼大的迴響，很令我訝異。包含小說在內，我會多方努力，好讓動畫能有後續的發展。

真的感謝各位的支持！還沒看過的讀者，我想在各影音網站上都可以看到，請務必觀賞。

問題是，作者的身心狀態有點頹靡。差不多在動畫播映期間有了憂鬱症狀，感覺請醫生開過處方以後是有朝好的方向康復。

然而，動畫播完後過了一陣子，醫生做出「因為開始康復，就調弱處方的藥效」這樣的指示。那是陷阱。

藥效一弱，就變得不敢看郵件、社群網站與諸多來自他人的意見了。

幸虧藥效逐步調弱，目前已經完全康復（有醫生掛保證），不用再服藥了！

儘管我對此心懷感謝，在漸漸康復的這段期間，由於我都沒看郵件或社群網站，讓事態變得很糟糕。

因為這樣，我跟工作上的相關人士在這一年來疏遠了許多。

不過，正如前面所述，身體是慢慢朝著好轉的趨勢發展，往後我會努力讓自己再次精神奕奕地執筆寫作！

謝詞

れい亜老師，感謝您一直提供精美的插畫！

角川sneaker文庫編輯部以及各位相關人士，負責設計的阿閉高尚先生，還有讀到這裡的各位讀者，萬分感謝你們！謝謝大家。

世界頂尖的暗殺者
轉生為異世界
貴族 7
SEKAI SAIKO NO
ANNSATSUSYA
ISEKAI KIZOKU
TENNSEI SURU
((我現在……正直接
對著你的腦海說話……
要去看動畫版的暗殺貴族……
因為超帥的……！真的……！))
人物設定
也很可愛!!

國家圖書館出版品預行編目資料

世界頂尖的暗殺者轉生為異世界貴族 / 月夜涙作 ;
鄭人彥譯. -- 初版. -- 臺北市 : 臺灣角川股份有限公
司, 2023.04-
冊 ; 公分

譯自 : 世界最高の暗殺者、異世界貴族に転生する
ISBN 978-626-352-440-8(第7冊 : 平裝)

861.57 112001582

Kadokawa
Fantastic
Novels

世界頂尖的暗殺者轉生為異世界貴族 7

（原著名：世界最高の暗殺者、異世界貴族に転生する 7）

2023年4月26日　初版第1刷發行

作　者：月夜涙
插　畫：れい亜
譯　者：鄭人彥

發行人：岩崎剛人
總編輯：蔡佩芬
編　輯：孫千棻
美術設計：吳佳昫
印　務：李明修（主任）、張加恩（主任）、張凱棋

發行所：台灣角川股份有限公司
地　址：104台北市中山區松江路223號3樓
電　話：（02）2515-3000
傳　真：（02）2515-0033
網　址：www.kadokawa.com.tw
劃撥帳戶：台灣角川股份有限公司
劃撥帳號：19487412
法律顧問：有澤法律事務所
製　版：尚騰印刷事業有限公司
ISBN：978-626-352-440-8